U0053281

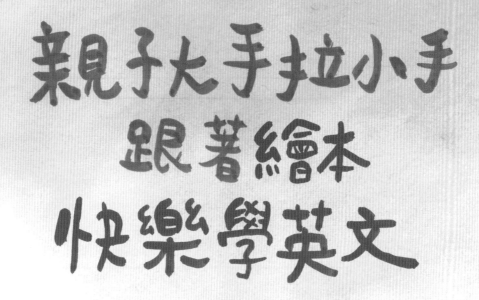

親子大手拉小手 跟著繪本 快樂學英文

李貞慧 著

三民書局

國家圖書館出版品預行編目資料

親子大手拉小手，跟著繪本快樂學英文／李貞慧著.－
－初版一刷.－－臺北市：三民，2019
面；　公分

ISBN 978-957-14-6535-7　（平裝）

1. 英語 2. 讀本 3. 親子

805.18　　　　　　　　　　　　　　　　107021402

© 　親子大手拉小手　，　跟著繪本快樂學英文

著 作 人	李貞慧
責任編輯	范榮約
美術設計	黃顯喬
封面插畫	黃雅玲
發 行 人	劉振強
發 行 所	三民書局股份有限公司
	地址　臺北市復興北路386號
	電話　(02)25006600
	郵撥帳號　0009998-5
門 市 部	(復北店)臺北市復興北路386號
	(重南店)臺北市重慶南路一段61號
出版日期	初版一刷　2019年1月
編　　號	S 806690

行政院新聞局登記證局版臺業字第○二○○號

ISBN　978-957-14-6535-7　（平裝）

http://www.sanmin.com.tw　三民網路書店
※本書如有缺頁、破損或裝訂錯誤，請寄回本公司更換。

邀請您牽起孩子的手，透過大量繪本共讀，讓孩子感受無痛學習英語的美好。

~李貞慧

作者序

　　每一本書的產生都是非常不容易的 ， 這本書亦是如此。從擬定書稿大綱、彙整書單到撰寫書稿，都是心血的投入 。 感謝這一路上三民書局團隊始終陪著我一起努力，協助洽談繪本書封授權、潤稿、校對與版面編排設計。 一本書的誕生，絕對不只是作者一個人的事，背後有許多默默支持的力量在敦促我：「再加油一下 ， 這本書就快產出了，它會是一本很有意義、很有價值的書 ， 能夠幫助許多正走在英語學習路上的孩子的！」

　　很高興我終於完成了這項任務 ， 這本書是我送給支持我的讀者一份滿懷誠摯心意的禮物 ， 如果您家中有學齡前到國小階段的孩童， 並想透過和孩子大量共讀英文繪本以培養孩子對英語的興趣和語感 ； 或您是英語教師 ， 想要找各類主題繪本融入到您的英文教學課程中，這本書對您來說應有一定的參考價值。這本書裡所選的每一本繪本，都是我實際購買來閱讀過後，真心覺得好 ， 才推薦給大家的。 您可以依據您孩子的需求與程度添購我書裡所推薦的繪本。 每本繪本都有附上難易度給大家作為選書的參考。 我是根據繪本的用字、 句型和故事情節的複雜度來判定難易程度。 標示一顆星的繪本是最為容易上手的簡易繪本 ， 而星數越多的繪本 ， 通常是文字量大且用字遣詞對學習者較具挑戰性的繪本。

　　雖然每一本繪本我都會列出孩子可以從這本繪本得到哪些方面英語內容的輸入 ， 但這只是一個大方向的參考，爸爸媽媽千萬不要將此作為驗收孩子學習成效

的依據。親子共讀英文繪本貴在享受閱讀的樂趣、貴在彼此之間情感的交流，如果父母每次在和孩子共讀完後，都急著要驗收孩子是否從繪本中學到東西，恐怕我們原本想透過繪本提升孩子對英語學習動機的美意，就會被硬生生地抹煞掉了。

請記得，我們要做的事，不是透過英文繪本刻意學習英文的詞彙與語法，而是希望透過英文繪本持續且大量的閱讀，讓孩子有機會自然習得對英語的語感。就如同學習母語般，我們學習母語不也是經由大量的聽和大量的讀，然後慢慢有能力說和寫嗎？學習英語的過程也該是如此，語言的學習絕對必須有閱讀作為基底，沒有閱讀作為主要內涵的語言學習，孩子學來的單字和文法句型，因為是脫離真實語境所勉強學習來的，這叫孩子如何對應日常生活情境去活用他所學的英文呢？

所以，請家長和老師持續地引領孩子閱讀吧！閱讀不單單只是培養孩子堅實英語力之不可或缺，閱讀也能夠滋養、啟迪孩子的心靈世界，讓孩子成為一個具有人文內涵和思想高度的人。帶領孩子成為一個終身閱讀者，是我們作為父母或老師的，能夠送給孩子最善美的禮物了。

且讓我們相互勉勵，給孩子大量閱讀英文讀物的機會。透過我書中所選的繪本，持續與孩子共讀，不用刻意驗收孩子的學習成效，請寬容等待孩子的進步。只要閱讀的量累積到一定的程度，您會驚喜發現孩子從閱讀中習得的竟然如此豐美，孩子的英語語感就在這持續積累的閱讀過程中建立起來了。

親子大手拉小手，跟著繪本快樂學英文

目次

Part I 觀念篇：
答客問【接觸英文，從繪本開始】

在帶領孩子接觸英文、共讀英文繪本的過程中，
爸爸媽媽可能會遇到大大小小的疑問，
在此篇章中將一一為讀者解惑。

・爸媽如何帶領孩子學英文

・為什麼要帶孩子閱讀英文繪本

・如何選擇適合孩子的英文繪本

・如何和孩子共讀英文繪本

 爸媽如何帶領孩子學英文？

① 小孩何時接觸英文為佳？

　　小孩何時接觸英文為佳，其實這個問題並沒有標準答案。如果小孩從很小就接觸英文，但父母或師長引導方式不當，打壞了孩子對英語的好感度，或是小孩學到一半便中斷、不再持續和英文做好朋友，這樣就算再怎麼早學，都不會收到良好的學習成效。反之，倘若小孩雖然接觸英文的時間較晚，但有爸爸媽媽和好老師的耐心陪伴與用心指導，並且能夠持之以恆的學習，孩子的英語程度絕對不會比早接觸英文的同儕來得差。

　　不過，如果要說從孩子很小的時候便開始接觸英文有何優勢的話，我有以下兩點可以分享給大家：第一，在中文尚未成為孩子的優勢語言前，孩子就開始接觸英文的話，比較不會產生排斥感。讓孩子在學齡前便習慣英語和中文一樣是日常語言，會比孩子上小學後，英語變成學校考科之一，來得更貼近生活、更能夠在日常中運用，而不是只是一門學校科目，下課後就與它沒有連結，也不是為了要應付考試才勉強學習。

　　第二，小孩越小，耳朵越靈敏，模仿語音的能力也越強，越容易習得道地的英語發音。我兒子兩歲多開始跟著外籍老師接觸英文，我發現他的英語發音真的就比我更為道地、準確，有時候他還會糾正媽媽呢！說媽媽哪一個音唸得怪怪的，哈哈！

❷ 聽說讀寫哪個能力最為重要？學英文要先從哪一個能力培養起好呢？

孩子學母語時，都是從和家人對話、模仿大人說話、聽大人念故事書等方式開始的，學習外語也是同樣的歷程。先從「聽」爸爸媽媽說日常英文、唸英文故事開始，吸收到一定程度，就慢慢會「說」，然後逐漸進入繪本甚或文字書的「讀」，閱讀累積達一定的量和品質之後，方能順利跨過門檻，來到最困難的「寫」。想學好任何語言，都會經歷這樣一個有順序的聽、說、讀、寫過程。而聽、說、讀、寫這四項能力同等重要，皆不可偏廢，且這四者之間有連動關係、環環相扣、彼此影響，每一步的學習若是都走得扎實了，下一步就比較不成問題。

❸ 如何在家中營造說英語的環境？

除了和孩子持續共讀英文繪本外，日常生活對話也可以練習用英文來表達喔！此外，聽英文兒歌、童謠，或是觀賞英文發音的影片，都是營造英語環境的方式。關鍵就是要持續不輟，且若能從孩子學齡前就在家庭裡營造這樣的聽說英語氛圍，效果會更好喔！因為啊，有些孩子年紀越大，就會越覺得說英文很彆扭、不自在呢！

❹ 要如何維持孩子的英文學習，又不致打壞孩子的學習胃口呢？

我們家的做法是，孩子有系統的英文學習交給我們所信賴、且有英語教學專業素養的老師來引導，而我負責藉由英文繪本共讀來維持孩子對英文的好感度。

　　一定有不少爸爸媽媽忍不住想問我：「貞慧老師，你自己就是英文老師，怎麼還需要其他英文老師來帶你家小孩學英文呢？」原因是，我家女兒不喜歡我當她的老師，她曾經很明白地對我說：「媽媽，你當我的媽媽就好，不要當我的老師。」而我兒子呢？他雖然不排斥我教他英文，但是他愛撒嬌又愛要賴，我若當他的英文老師，可能彼此都會有很多的情緒吧！所以啊，古人所說的「易子而教」真的是有其道理的。

　　孩子有專業老師引導他們學英文，我只負責在孩子英文遇到問題時，在旁給與適切的協助與解惑，並透過多元英文繪本豐美他們的英語學習內涵，讓他們得以保持對英語的好感與喜愛。

為什麼要帶孩子閱讀英文繪本？

❶ 為什麼要透過繪本學英文？

　　常有人詢問我，資訊爆炸的時代，英文學習資源這麼多樣化，為何培養孩子的英文興趣，非得從繪本開始不可？其實，就我自己帶孩子接觸英文的經驗來說，繪本真的不是學習英文的唯一路徑。只要學習的素材、方法與歷程是有趣好玩的、能夠吸引孩子樂在其中的，透過不間斷的接觸與累積，孩子的進步或許無法立竿見影，但經過一段時日的培養，成效一定看得見。

　　而我之所以推廣從英文繪本來啟動孩子的英語學習，主要是我自身從英文繪本中得到許多面向的滋養，不管是語言層面、教學層面、美感涵養層面，抑或心靈層面，皆受益頗深。說實話，雖然我以往所接受的高等教育，一直都浸潤在英語文領域中，從高雄師大英語系到臺大外文所碩士班。而離開校園後，我也持續投身於國中英語教學，長達將近二十年的時間。一路就這麼順順的走在英語學習及教學的路上，但我卻始終不敢很肯定的、毫不遲疑的對自己或對他人說：「我真心喜歡學英文和教英文。」好像就只是因為在語文的學習上能力還夠、還算有點兒天賦，就這麼走過來了。直到近幾年在狂買、狂讀英文繪本的歷程中，我從文字精簡、畫面豐美的繪本裡，真正看見了英文這個語言的活潑生動與優美洗鍊，讓我開始打從心底喜歡它。現在我時常在公開的分享場合中，毫不猶豫的、甚至帶點小興奮小激動的對大家訴說我對英文的喜歡與著迷。因為自身受惠於英文繪本太多太多，所以有種熱烈想要分享的心情，好想把這麼好的讀物推廣出去，讓更多更多的人知道並從中得著益處。

　　若我們的孩子能夠從小透過繪本來接觸英文，英文將不再僅僅是一門需要接受評比的考科而已，也不會再是學了卻不知如何在生活中應用的死知識。孩子若能有機會大量、廣泛的閱讀英文繪本，當可以在繪本中感受到英文的多元內涵與豐富底蘊：有日常的、文學詩意的、生動押韻的，也有富含各式各樣議題的，長時間積累下來，必可逐漸領略英語文的實用、靈活、優美與深度。

❷ 不識字的小嬰兒也可以讀繪本、聽繪本嗎？

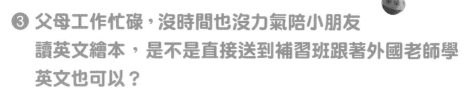

不識字的小嬰兒當然可以聽爸爸媽媽念英文繪本，不用擔心孩子到底聽得懂不懂，孩子學中文不也是從嬰兒時期起，在每日與家人的日常互動中，慢慢的從不懂到懂、到精熟流暢的過程嗎？

❸ 父母工作忙碌，沒時間也沒力氣陪小朋友讀英文繪本，是不是直接送到補習班跟著外國老師學英文也可以？

很多家長常常問及，讓孩子去補習班學英文好不好？補習班的教學會不會更具系統性、專業性，孩子的學習成效會不會更顯而易見？

到英文補習班當然沒有不好，我自己的小孩小時候也是在幼兒園接受外籍老師的教導，而女兒目前也持續在一家補習班精進英文能力。只是當孩子回到家，父母若能繼續營造和孩子共學英文的環境與氛圍會更棒。不要把孩子學習英文這檔事全權交託給補習班。在家裡，我們可以透過與孩子用英文對話，或是和孩子共讀英文繪本等方式，讓孩子從小便感受到英文是存在於日常生活中，就像說中文或臺語一樣，很自然而然會去使用的一種語言。不是只有去學校或是在補習班才會使用英文，回到家便全然脫離了英文環境。我真心覺得，在日常家庭生活中，藉由親子共學，潛移默化的讓孩子喜歡上英文，比會了多少英文來得更為重要呢！況且，親子共讀不會花很多時間的，可以每天固定一兩個時間和孩子共讀繪本喔！一次十到十五分鐘，持之以恆，就會看見功效。也許您可以將共讀當作是睡前儀式，也許您可以像我們家一樣，在孩子晨起享用早餐時，與其共讀一本好書，藉此喚醒孩子的腦袋。

只要想做，不怕沒時間。您願意花時間和心力為孩子朗讀繪本故事，孩子終將回報您無價的情感與對閱讀的熱愛。

另外，想和大家分享的是，在您為孩子選擇英文補習班時，莫誤以為孩子若跟著外籍老師學習，假以時日，定能說得一口道地流利的英文。其實，就像我們華人到國外去，不見得每個人都可以教中文的道理是一樣的。有些外籍教師未必具備教學專業知識與素養，英語之所以說得溜、說得順，那是他們長期在生活環境中自然習得的。倘若您孩子的外籍教師沒有教學背景，就只是因為他的母語是英語，便來到臺灣教授英文，您可能就要審慎評估是否他真的有能力把孩子的英語教好了。

相對的，優秀的中籍教師具有中文底子，加上又有英文教學專業能力，且因為自身也有一段學習英文的歷程，更能知曉孩子在學習英文的過程當中，容易有哪些迷思概念，或容易在哪些地方遭遇困難，例如受到中文影響，有可能會出現中式英文的口語表達錯誤，比起外籍教師，中籍教師在這方面反而更可以協助孩子及時看見問題並修正，此為中籍教師的優勢。因此，家長千萬無須過度迷信外國的月亮比較圓喔！

❹ 英文繪本除了幫助孩子學好英文之外，還能夠提升孩子哪些素養或能力呢？

閱讀各式各樣多元畫風的繪本，對孩子美感的陶冶將有一定程度的助益。繪本創作家精心設計的每一本繪本，對我來說，就像是一件件精

雕細琢的藝術品般，長期浸潤其中，必可豐美我們的心靈世界。我常在演講的時候與聽眾分享，不見得每個孩子都能夠學好英文，總是有學習上遇到瓶頸、難以突破的孩子。但倘使這些英文學得不怎麼好的孩子，透過大量優質繪本的涵養與洗禮，逐漸在心裡培養出「懂得欣賞美的人事物」之能力，這不是一件比單單學好英文更令人欣喜的事嗎？一個懂得欣賞美的人，心靈之田必定是富饒而豐收的。

另外，英文繪本取材十分豐富，絕對不僅僅只是幼童的啟蒙讀物而已，每個年齡層都可以找到適合的英文繪本來閱讀。英文繪本裡呈現非常多面向的主題，例如：生死議題、生態環保議題、公民平權議題、種族議題、戰爭與和平議題、性別議題、關懷弱勢議題與反霸凌議題等等，透過這些議題繪本的閱讀，不僅可培養孩子的思辨能力，亦可開啟孩子看見多元世界的窗，進而啟動關懷社會的同理心與行動力。

如何選擇適合孩子的英文繪本？

① 每個年齡層的適讀繪本如何選擇？

先從學齡前孩子說起。學齡前孩子在初接觸英文繪本時，可以透過「互動式繪本」帶出其興趣。這裡所謂的「互動式繪本」有點像是遊戲書，例如書裡頭有小翻頁、小機關操作的設計，就是我說的「互動式繪本」。另外還有一種互動式繪本是，故事裡頭的角色以讀者為說話對象，孩子可以跟著故事角色所下的指令一起做動作，例如：書中角色發出 "Stand up." 的指令，孩子便跟著做「站起來」的動作。類似這樣的互動書，會讓初踏入英文繪本世界的孩子覺得好有趣、好有意思，對英文繪本的接受度大幅提升。

如果孩子已過了小小孩階段，就要依據孩子的心智成熟度與英語程度來為孩子選擇適切的繪本。通常家長會和孩子共讀比較多的故事型繪本，而偏廢了知識型繪本，甚為可惜！知識型繪本可以引發親子間不少的對話與討論，家長不妨也嘗試和孩子一同閱讀、一同長知識喔！或許在共讀知識型繪本的過程中，孩子對自然科學、數學、藝術或是多元文化的興趣就這麼被開啟了呢！

如果孩子已小學高年級，甚至是國高中階段，還適合看繪本嗎？我們總以為繪本是學齡前孩童的啟蒙讀物，殊不知英文繪本的主題非常多元，也有很多適合大孩子閱讀的繪本喔！大一點的孩子可以引領他閱讀議題性較強的繪本，一方面這類繪本大多文字量偏多，可以訓練孩子的閱讀理解力；一方面透過這些帶有議題探討的繪本，孩子可以看見更大的世界，並鍛鍊其思考力，且涵泳其人文關懷情操。此外，有不少繪本的適讀年齡是跨越各個年齡層的，同一個故事，處在不同生命階段的大人或小孩讀了，都能夠各自得到不同層次的歡喜、領悟與滿足。尤其我看過不少幽默繪本，真的是大小通吃，不管大人抑或小孩，都能在讀到最後一頁時哈哈大笑。好故事真的是跨越年齡疆界的。

❷ 什麼樣的繪本可以協助孩子培養對英語的語感？

「韻謠式繪本」可以幫助孩子培養對英語的語感。什麼是「韻謠式繪本」呢？顧名思義，就是有押韻、容易琅琅上口，可以跟著唸、跟著唱的繪本。像是 Mother Goose (鵝媽媽童謠) 就非常經典。另外也可以上網搜尋關鍵字：rhyming books for kids，即能找到非常豐富的韻謠式繪本的書單資源！

若要培養孩子的英語語感，除了閱讀韻謠式繪本之外，更需要大量的聽、大量的閱讀各式繪本與讀本。就像我兒子對文法知識非常缺乏，但這不影響他英文能力的養成。他說他在學校作答試題時，都是憑直覺，唸順了應該就是這個答案了。這就對了，當你對語言產生了直覺，那直覺其實就是你對這個語言的語感了。

❸ 英文繪本書訊從何取得？又，到哪裡買英文繪本好呢？

我平常比較少時間去逛實體書局，所以我的英文繪本書訊大多來自網路。我每個月都會到 Amazon 網路書店查看最近出版了哪些值得關注的英文繪本。在網路書店買書，因為無法翻看，所以必須透過文字介紹以及幾頁試閱內容來判斷是否購買。雖然我在網路書局購書算是頗多經驗了，但還是偶有踩到「地雷」的時候。建議大家在預算有限的狀況下，不妨多使用公立圖書館的英文繪本資源，倘若孩子或您自己在借閱某些繪本之後，真的愛不釋手，就可決定買下繪本收藏。

至於要到哪裡購買英文繪本好呢？我通常會在以下兩個網路書局添購英文書：

1. 三民網路書店：在臺灣進口外文書的網路書店中，提供的價格算是非常優惠的。在臺北亦有重南店與復北店兩間實體店面。

2. Book Depository：這是一家全球免運的網路書店，不管買多買少，都無須負擔運費喔。不過，因為是國外網站，所以須留意扣稅的問題。

如果您想到實體書店翻翻書後，再決定要不要購買，以下幾間實體書店提供給您參考：

1. 三民書局 (臺北)
2. 誠品書店 (可上網查詢誠品書店門市據點)
3. 書林書店 (臺北、臺中、高雄皆有分店)
4. 禮筑外文書店 (臺北)
5. 麥克兒童外文書店 (臺北)
6. 敦煌書局 (臺北、新北、桃園、新竹、臺中、臺南、高雄)

❹ **要買得獎書或套書嗎？**

因為我自己非常喜歡繪本，過去也曾失心瘋的買了好幾套價格頗高的套書，事後回想，這真是砸錢買經驗啊！我會建議不一定要購買套書的原因有：

一、套書的冊數動輒幾十本，常常我們之所以動念買下，有可能只是因為其中幾本令我們大感心動，而其他本讀來則覺得普普通通、沒有特別喜歡。為了其中幾本，花好幾萬買下整套書，是不是不太划算呢？

二、雖然套書有其完整性，但套書要做到每一本都是經典、都是上乘之作，的確不容易。故，時常可見套書中的選書品質參差不齊，這是令人感到惋惜之處。

另外，對於平常比較沒有時間去研究繪本和相關書訊的家長，許多人會直接選購得獎書，或是將名家、達人的推介視為選書指南。買回家閱讀之後才發現，有時候得獎書未必能觸動自己。雖然得獎書必有它的亮點與特出之處，但我還是建議父母不必迷信得獎書，如果得獎書您讀來沒有感覺、無法賞得它的好，那又如何滿懷熱情的去和孩子分享這本書的妙趣呢？

像我習慣和孩子共讀前，先把書讀過一遍，遇到自己喜歡的繪本便會迫不及待的想和孩子分享。那種熱切想要分享的心情，孩子是會感受到的，孩子會隨著爸爸媽媽朗讀的聲音深入書中情境、欲罷不能的。一個小小愛書人很容易就在如是愉悅的共讀氛圍中潛移默化的養成了，這便是身教的力道。

總之，得獎作品或專家學者、繪本同好推薦的書單都可列為選書參考，但不必照單全收，您可以形塑自己的書籍鑑賞風格。

如何和孩子共讀英文繪本？

❶ 親子如何進行英文繪本共讀?和小孩共讀英文繪本時，要使用全英文嗎？還是可以中英文交錯使用呢？

這要看孩子的英文程度以及孩子對全英文的接受程度為何而定。如果孩子不抗拒全英文的話，讓孩子可以沉浸在全英文的說故事環境中，當然很棒。如果孩子抗拒全英文共讀，中英文交錯使用也無妨。不管是用什麼方式進行，請把握一個原則：務必讓孩子感受到和爸爸媽媽共讀英文繪本是開心的、放鬆的、好玩的，而不是有壓力的、像在制式課堂上學習那般必須正襟危坐的，這樣共讀才容易持久。否則孩子一旦心生排斥或恐懼，要再重新培養他對英文的好感度，恐怕得花上更多的心力與時間。

　　有一個共讀的方式提供給父母們參考：如果一開始孩子會排斥爸媽用英文朗讀故事內容，可以先和孩子說我們先唸一次英文，他只要看圖即可；第二次唸的時候，每朗讀一小段英文，可輔以內容大意的簡單中文說明，抑或藉由故事內容和孩子做口頭討論或問答互動，但切莫逐字逐句翻譯。因為逐字逐句翻譯，容易讓孩子對中文翻譯產生依賴，反而不容易培養英語語感和直接以英文思考的習慣。若孩子對這本繪本的內容有興趣，多數孩子都會希望爸媽可以再唸一次，那麼第三次就可以再回到全英文朗讀模式。採用這樣螺旋式、循序漸進的步驟，可以降低孩子對英語的不安全感，也可以讓孩子越來越習慣英語。

❷ 父母擔心自己英文不好，沒有信心唸英文繪本給孩子聽，怎麼辦？

　　爸爸媽媽真的不用太擔憂自己英文程度不好，沒有能力和孩子共讀英文繪本。您可以透過繪本，重新和孩子共學英文喔！親子之間有一件

共同的事情齊心成就，不也是美事一椿嗎？曾有一位媽媽告訴我：「以前我讀書的年代，只有教科書，那時我覺得英文是外星文。等我當上媽媽，接觸到英文繪本後，才開始有動力面對英文。因為繪本，讓我好想認識英文在說什麼。」多棒啊，藉由豐富、多元、有趣、飽涵美感的繪本，爸爸媽媽重新開啟與英文的連結，享受和孩子一同學習、一起進步的樂趣，這真的好令人欣喜與振奮！吆喝更多爸爸媽媽也加入親子共讀英文繪本的行列喔！

❸ 孩子排斥爸媽唸英文故事，堅持爸媽要用中文說，怎麼辦？

如果孩子抗拒爸媽念英文繪本，您可以試著對孩子說：「因為這本繪本是用英文寫的，媽媽 (或爸爸) 第一次先用英文唸給你聽。不過你不要擔心，媽媽 (或爸爸) 在開始朗讀繪本前，會先用中文跟你分享一下這個故事發生的場景、角色和大意，然後媽媽 (或爸爸) 用英文朗讀故事時，你就一邊看圖來幫助對故事的理解。如果整個故事聽完了，覺得還是不太了解故事在講什麼，媽媽 (或爸爸) 第二次唸給你聽的時候，會每唸一段英文後，就用中文稍微說明一下意思，讓你明白，這樣好嗎？」

家長可以用上述的方式，引領孩子進入英文繪本的天地中。當孩子對故事主題感興趣，或是故事內容吸引到他時，他就不會那麼在意他聽到的是中文還是英文了。這就是故事的強大力量，好故事可以打破語言疆界，降低孩子對外國語言的抗拒心理。不過前提是，家長要依孩子的英語程度選擇適合的繪本。如果孩子處於初學階段，但您卻和他分享文字量大的故事，即便有圖像可以輔助他理解故事內容，他極有可能還是會遇上無法抓到故事精髓或情節脈絡的問題。

❹ 孩子愛看的繪本總是那幾本，怎麼導引他們閱讀不同類型的書籍呢？

其實孩子愛重複翻看同一本繪本，是有其意義在的。孩子在一次又一次的重複閱讀過程中，每次都會有新發現與新學習，所以不用擔心孩子看的書很固定喔！

不過，如果想要引導孩子閱讀更多類型的書籍，我的做法是，在每天的親子共讀時間裡，我讓孩子選擇一本他想看的書，另外我會為孩子挑選一本新的書唸給他聽，讓他有機會看到不同風格、不同內容的書。有時候孩子不見得不喜歡新的書，而是他不知道原來這世界存在著這麼多好看的書正等著他閱讀。這時候就需要我們大人引領他們看見更寬廣美好的閱讀風景。所以，前提就是，大人也要多閱讀，讀到自己喜歡的書，就會有熱情想要分享給孩子、唸給孩子聽，帶領孩子踏入更豐美多元的書世界。

❺ 自然發音法為何重要？又如何帶孩子從英文繪本中習得呢？

自然發音法 (Phonics) 又叫「自然拼音法」，透過此法學習英語發

音，無須藉助音標，看到單字的字母排列，就能讀出整個單字的發音；或是聽到發音，就能夠正確或大致拼出單字。簡單來說，就是能夠把沒學過的單字拼出來，或是看到沒學過的單字能唸得出來。

現在臺灣孩子從學齡前到國小階段所接觸的英文發音學習系統，大多都屬於自然發音法，和我們以前從 KK 音標開始學起是很不一樣的方式。自然發音法的好處之一是，不強調記憶音標符號。事實上，孩子若年紀太小，也無法勝任記憶為數不算少的音標符號。

至於 KK 音標是否仍有學習的必要呢？我認為 KK 音標有其存在價值，它和自然拼音法可以相輔相成，因為英語還是有許多發音上的不規則變化，使用自然發音法拼出的單字發音，不盡然會百分之百正確。因此，當孩子對自然發音有一定程度的掌握後，從小學中高年級或是上了國中，就可以開始學 KK 音標當作輔助。不過，要熟悉英語發音的最佳方式還是從「聽→模仿聲音」開始，多聽、多說絕對是學習語言最基本且實用的路徑。

那如何透過繪本帶孩子強化對自然發音的熟悉度呢？坊間已有不少結合自然發音法的繪本可供選擇，您可以在 Google 輸入關鍵字：Phonics + 繪本，就可以找到實用的參考書目囉！透過帶領孩子朗讀這些結合 Phonics 的繪本，熟能生巧，孩子定能慢慢抓到發音規則的。

❻ 如何帶領孩子大聲朗讀？

學齡前的孩子配合度較高，若要幫助孩子建立朗讀習慣，越小開始越好，成效比較看得見喔！另外，家長可以搭配有聲書，播放 CD 陪孩子一起朗讀。也建議爸媽可以拿錄音筆將孩子朗讀的聲音錄下來,播放給孩子聽,有些孩子喜歡聽錄音筆再現自己的聲音呢!家長也可以藉此協助孩子比對自己與 CD 的發音,修正自己的朗讀方式喔!

❼ 讀英文繪本時,要急著查出中文意思嗎?如果有些單字爸爸媽媽不知道如何發音,怎麼辦?

我的建議是,在和孩子共讀前,爸爸媽媽要先做功課、要自己先看過繪本,先確認單字與句子的發音、語調和意思,而不是時常共讀到一半便停下來查單字,這樣會中斷孩子享受聽故事的樂趣喔!

不確定如何發音的單字,可透過查詢網路字典來幫忙。大部分的網路字典都會提供可線上收聽的單字音檔。若是人名、地名或其他專有名詞並未收錄在網路字典中,另有一個確認其發音的方法,就是透過 Google 關鍵字的搜尋。例如,你想確認人名 Oscar 的發音,就可以在 Google 關鍵字搜尋的欄位打上:Oscar pronunciation,這樣就可以找到相關音檔或影片檔囉!

❽ 父母是不是需要透過繪本故事和孩子分享大道理或小啟示?

我常和家長們分享,親子共讀繪本最重要的事是增進彼此間的情感交流,並且和孩子共同享受閱讀的樂趣。所以,家長們不妨嘗試調整心態,抱持共學共玩的想法與心情,與孩子一同輕鬆愉快的遨遊在繪本天地中。共讀時不要直接告訴孩子故事背後隱含著什麼樣的人生大道理。孩子要聽的是故事,不是大道理,做父母的一定要忍住。

明說道理，不見得會在孩子心底內化成為他生命底層的一部分，我們大人不就是懂得許多道理，卻仍舊無法身體力行嗎？且寬容的等待故事在孩子的心田長出小芽，讓小人兒在往後的成長歷程中慢慢去體會道理吧！父母在這一點上千萬別操之過急。我們家小孩在學齡前，每次只要爸爸一說完故事，開始要傳遞故事中蘊藏的啟示給他們倆時，他們就會立馬跑開爸爸身邊！哈哈，這麼小的孩子就會排斥大人說道理了，何況是小學，抑或國中的孩子呢？

不過，請不要誤會，我們和孩子共讀的過程中，盡量不要用以上對下的訓話口吻和孩子說教，但不是不能針對繪本的主題與內容彼此討論喔！尤其是年紀較大的孩子，我們更應把握共讀的機會，和孩子分享我們的想法與觀點(但別強迫孩子非得接受我們的論點不可)，也聽聽孩子說說他們對故事的感受與理解。這種平等的交流，對孩子在形塑自我思想有正面的意義與影響。

❾ 讓孩子跟著繪本學英文，是把繪本當作課本使用嗎？

把英文繪本當作孩子學習英語的主要素材挺好的，但就是要小心莫把繪本給課本化或教材化了。如果親子共讀完每一本繪本，父母都要去驗收孩子從這本繪本裡究竟學到了多少個單字和多少個句子，就會很容易帶給孩子「讀繪本一點都不好玩」的負面感受，進而對繪本閱讀產生排斥的心理，這絕對不是我們所樂見的。透過繪本學習英文的成效是緩慢累積，而非立竿見影的。請家長先放下焦慮，拋開「孩子務必把英語學好」的執念，這樣才能在愉快的氛圍下，帶孩子一同享受閱讀英文繪本的美好喇！

　　這本書在介紹各主題繪本時，雖然會列出孩子可以從這本繪本中學到哪些英文單字、片語和句型等，但這是寫給身為家長或教師的您參考的。您心裡有個底就好，無須在與孩子共讀後，採取口試或筆試等方式去驗收孩子是否完全習得這些英語重點。當然，您可以在共讀後進行一些延伸活動或小遊戲（本書裡也有提供喔！），加深孩子的英語學習，這非常棒。唯一需要把握的原則就是「讓過程是愉悅的、好玩的、孩子不抗拒的」，這樣這條英文繪本共讀共學之路才能走得久長，也更能於日後嘗到豐美的果實！

⑩ 家長和老師如何使用這本書？

　　這本書分主題呈現，每個主題下所推薦的幾本繪本也會標示出難易度。家長和老師可以根據孩子的英文程度來選書。標示為一到兩顆星的繪本為簡易繪本；標示三至四顆星的繪本是帶有一點小挑戰的繪本，可能是生詞較多，或是句型結構稍微複雜些；而標示五顆星的繪本，則表示這本繪本可能適合已具備一些英文程度的孩子來閱讀。不過這些難易度標示只是一個參考，我相信即便是難度在五顆星的繪本，若有老師或家長的適切引導，初學英文的孩子也不是完全不能接觸的。

　　另外，家長可就孩子有興趣的主題來選擇繪本與孩子共讀，投其所好是最能引發孩子閱讀興趣的了。當孩子從有興趣的主題繪本中感受到樂趣之後，我們就有機會引領他接觸更多不同主題的繪本，開啟他豐富的視野與多面向的探索機會。

Part II 實作篇
第一章【從繪本開始接觸英文】

這個篇章選的繪本偏向基礎認知類型，引導父母透過繪本帶給小小孩第一門英文閱讀課。

- 字母
- 數字
- 形狀
- 顏色
- 動物
- 相反詞

從繪本
開始接觸英文

　　對於初學英文的孩子來說，英文繪本是很強大的學習材料。因為，它能將簡單的概念圖像化，幫助孩子不費力、不刻意就記住最基本的語言概念。

　　事實上，二十世紀中期，心理學家們就開始研究人類認知過程中的圖優效應 (picture superiority effect)。他們發現人的大腦對於圖像的記憶遠比對文字的記憶更為容易 。 不論是記憶的存入 (coding) 還是提取 (retrieval)，圖像訊息都比文字訊息更加快速。這項理論至今被應用在許多領域，包括廣告行銷、網路社群溝通以及語言學習等等。

　　透過繪本學習語言，正是運用圖優效應促進語言習得。此章所介紹的繪本能讓孩子透過色彩鮮明的圖像來學習英文字母以及數字、形狀、顏色、動物和基本相反概念的英文單字。爸爸媽媽帶孩子讀這些繪本時，記得讓圖優效應最大化，而祕訣就是「慢讀」。

所謂「慢讀」就是共讀的時候速度要慢，不要一唸完文字就馬上翻頁。此章繪本的重要功能，就是讓孩子在好玩的閱讀活動中，將英文單字和繪本上的圖像連結在一起，進而產生記憶。如果閱讀時不多作停留，急著往下翻頁，那孩子圖都還沒看夠，哪有時間產生什麼單字的記憶呢？

在此與爸爸媽媽們分享此類繪本「慢讀」的兩大關鍵：

1. 指圖：共讀此章繪本時，一定要邊唸邊指圖，讓孩子知道你所唸的文字就是指圖中的哪個物件。

2. 提問：唸完文字後，透過提問和孩子互動。較初階的提問方式，是根據書中內容問孩子 "Where is the . . . ?" 等簡單的問題，讓孩子指圖來回答你。而較進階的方式，是指著圖問孩子問題，例如可以問 "What's this?" 讓孩子將剛學會的單字說出來。

如果發現孩子對看圖興趣濃厚，眼睛盯著圖目不轉睛，可以讓孩子好好看個夠再翻頁。當孩子專注於繪本上的圖畫時，他們其實是發揮了天生的觀察與學習本能。此時大人也可以一面重複唸出圖畫所指的英文單字，讓孩子自然而然將該字的發音與圖像所傳遞的概念連結在一起。

ABC: The Alphabet from the Sky

文、圖／Benedikt Gross, Joseph Lee

出版社／Price Stern Sloan

難易度：☆

　　這是一本有趣又非常有創意的 ABC 字母書，書裡看到的每一張照片都是空拍美國地景而成，是一本極花心思製作而成的 ABC 字母找找書。我曾經帶著一個英語學習動機不是很高的國一學生，一頁頁的找隱藏在地景中的每個字母，26 個字母都找到之後，他微笑地對我說：「老師，我喜歡這本書。」

跟著繪本學英文

　　從這本繪本裡，除了可以藉由找字母來強化孩子對各個字母形象的認識外，也可以帶孩子學習以下句型：

　　1. Can you spot . . . ?　你能看出…嗎？

　　2. Can you find . . . ?　你能找到…嗎？

　　3. Where is . . . hiding?　…藏在哪裡？

　　4. Have you found / spotted . . . ?　你找到／看出…了嗎？

　　也可以學到常用在寫作結語的片語： last but not least (最後但同樣重要的)。

DIY ABC

文、圖／Eleonora Marton
出版社／Cicada Books
難易度：✿

　　這本 ABC 字母繪本不僅帶孩子認識英文 26 個字母，也讓孩子有機會參與這本繪本的創作。透過作者在每一頁的巧心設計，學習英文字母不再制式乏味，反倒增添了許多好玩的創意元素與互動過程！書中附有貼紙，可讓小孩動手塗鴉、貼貼紙，妝點繪本內頁的每個畫面嘍！

　　從這本繪本可學到對應 A 到 Z 的常用單字，如：ant (螞蟻)，baggage (行李)，cake (蛋糕)，dark (黑暗)，family (家庭；家人) 等。也可以學到以下句型：

1. 祈使句：Draw + 某人事物

　　如：Draw a photo of your family inside the frame.

　　　　在框裡畫出一張你家人的照片。

　　　　Draw your favourite flavour of ice cream in the cone.

　　　　在冰淇淋甜筒裡畫出你最喜歡的冰淇淋口味。

2. What is your favourite + 某事物？

　　如：What is your favourite cake?

　　　　你最喜歡什麼蛋糕？

3 Tomorrow's Alphabet

文／George Shannon
圖／Donald Crews
出版社／William Morrow
難易度：⭐⭐

　　這是一本另類的字母書，看到作者說："A is for seed"，你可能會大感奇怪：「咦？seed 開頭是 s，怎麼會與 A 扯上關係？」別急，請繼續往下看，作者的話還沒說完呢！"A is for seed—tomorrow's apple."（今日的種子，明日的蘋果。）apple 開頭是 a，這樣就與字母 A 有所連結了，真是聰明又巧妙的安排！那請猜猜，"B is for eggs" 今日的蛋，會變成明日的什麼呢？一定要 b 開頭的字才可以喔！你想到哪一個單字呢？Bingo! 答對了，就是 "birds" 沒錯喔！

跟著繪本學英文

　　從這本繪本不僅可以學字母，還可以讓孩子去聯想事物與事物之間的關係與連結。其中有一句話我覺得寫得非常棒："U is for stranger—tomorrow's us."（今日的陌生人，明日的我們。）是不是很溫馨呢？當原本的陌生人彼此建立情感，就成了榮辱與共、水乳交融的「我們」。每個家庭不都是這樣成就起來的嗎？

延伸活動

　　共讀完這本繪本後，也可以和孩子共同發想，翻轉一下，製作一本名為 *Yesterday's Alphabet* 的小書喔！比方説："K is for cat—yesterday's kitten."、"C is for adult—yesterday's child."。一起來陪伴孩子享受創作的樂趣吧！

4　Q Is for Duck: An Alphabet Guessing Game

文／Mary Elting, Michael Folsom
圖／Jack Kent
出版社／Houghton Mifflin Harcourt
難易度：★★

　　這也是一本另類的字母書。A is for Zoo. 為什麼呢？A 與 z 開頭的 zoo 有什麼關係呢？沒錯，因為 Animals live in the Zoo. (動物住在動物園裡。) 那為什麼 B is for Dog？因為 A Dog Barks. (狗會汪汪叫。) 那再猜一個，C is for Hen. 為什麼 C 會與開頭是 h 的 hen 有關係？這個就有點難了喔！考驗你的單字力，你想到母雞的叫聲了嗎？答對了，Cluck, cluck, cluck!

　　這本字母書是有主題的，每個字母介紹一種動物，並指出其特性，如叫聲或特有動作。程度好的孩子，在閱讀的過程裡，無形中累積了動物相關的單字量；而程度較弱的孩子，則在趣味的猜測遊戲裡，一掃英語枯燥乏味又艱澀難懂的壞印象，漸漸對英語產生好感。唯有不排斥、

願意親近英語，英語能力才有可能往上提升。而尋找有趣的學習資源與素材，以帶動孩子的語言學習動機，是我們做老師或家長的可以做也應該做的。

這本繪本除了可以學習英文 26 個字母外，也可以放在現在簡單式的文法學習中，孩子們會一次又一次地看到主詞為第三人稱單數時，動詞字尾加 s 的句子，如：

A mole digs.　一隻鼴鼠在挖土。

A bird flies.　一隻鳥在飛。

A horse gallops.　一隻馬在奔馳。

An owl hoots.　一隻貓頭鷹在鳴叫。

帶著孩子多唸幾次這些句子，也多提醒孩子第三人稱單數動詞字尾要加 s，讓孩子慢慢把這語法規則印在腦海裡。

延伸活動

讓孩子仿照書中句型進行造句練習，如："C is for Penguin. Why? Because a penguin lives in Cold weather." (C 代表企鵝。為什麼呢？因為企鵝在寒冷的天氣中生活。)

5 Oops, Pounce, Quick, Run!: An Alphabet Caper

文、圖／Mike Twohy
出版社／Balzer + Bray
難易度：☆

　　這本字母書太有趣了，就像一部動作喜劇片 (caper)！一般字母書大多是環繞某個特定主題來作為字詞的發想，這本書卻依序用 A 到 Z 開頭的 26 個詞彙來描繪一則生動活潑、結局令人會心一笑的故事。不得不佩服作者強大的創意呢！

　　故事是描述有一天一顆球掉進老鼠住的小洞裡，嚇老鼠一大跳！原來是狗兒的球，狗兒好心急，牠怕老鼠將牠的球占為己有，於是對老鼠產生敵意，開始展開狗鼠追逐大戰。最後狗兒有要回牠的球嗎？結局很溫馨喔！

　　在字母 X 這個頁面裡，出現了 XOXO 這個字，這個字是 hugs and kisses (擁抱和親吻) 的意思。可放在書信結尾用來表達友好。

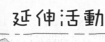

延伸活動

　　可與孩子也試試連結 A 到 Z 開頭的 26 個詞彙，創造一個獨一無二的故事。

6 ABC of the World

文、圖／Rowena Blyth
出版社／Fourth Wall Publishing UK
難易度：★★

　　這本字母書可融入國家名稱與多元文化相關的課程教學。每一個字母對應一個國家及這個國家特有的景觀與文化，例如：

A is for Australia (澳洲).

B is for Brazil (巴西).

C is for China (中國).

D is for Delhi, India (印度德里).

E is for Egypt (埃及).

　　插畫部分則呈現該國之地理特色和文化樣貌，光是插圖就有許多可以與孩子分享、討論的地方。這就是繪本看似字少，卻又非常耐看的原因。讀一遍無法看遍所有插畫細節，每次讀都會有新的發現、有意想不到的驚喜。

跟著繪本學英文

　　從這本繪本可學到世界不同國家與城市的英文名稱，還可以學到各個國家或城市的地標及特色的相關英文。例如，書中介紹到 Japan (日本) 時，插畫上就跟著出現一些日本的象徵物，像是：

- cherry blossom　櫻花
- sushi　壽司
- origami　摺紙
- koi carp　錦鯉魚
- geisha girl　藝妓

數字

1 Big Salad: A Delicious Counting Book

文、圖／Juana Medina
出版社／Viking Children's Books
難易度：★

　　這本繪本的插畫部分挺有意思，是做生菜沙拉會使用到的一些食材照片與速寫畫的組合。比如說，半顆酪梨的剖面照片加上繪者簡約的幾筆黑筆塗鴉，酪梨就變成一隻鹿的模樣，十分可愛！

　　這本數數書從數字 1 介紹到數字 10，每一個數字的出現，都各自搭配不同的食材照片所變化出的動物來對應。這十種相繼出現的生菜食材在最後一頁被盛裝在大木碗裡，變成一碗顏色豐富、健康美味的沙拉！大人和小孩共讀此書後，可以讓孩子試試看能把蔬菜水果畫成什麼模樣呢？也可以帶孩子動手做可口清爽的沙拉來一同享用喔！

跟著繪本學英文

　　除了學到數字 1 到 10 的說法外，從繪本中還可以學到十種蔬果名稱及九種動物名稱，如下：

　　蔬果名稱：

- avocado　酪梨
- cucumber　小黃瓜
- radish　小蘿蔔
- radicchio　紫菊苣
- pepper　甜椒
- walnut　核桃
- carrot　紅蘿蔔
- romaine　蘿蔓萵苣
- tomato　番茄
- clementine　小柑橘

　　動物名稱：

- deer　鹿
- alligator　短吻鱷
- mouse (mice)　鼠
- lion　獅子
- monkey　猴子
- dog　狗
- horse　馬
- kitty　貓咪
- turtle　龜

10, 9, 8 … Owls Up Late!: A Countdown to Bedtime

文／Georgiana Deutsch
圖／Ekaterina Trukhan
出版社／Little Tiger Press UK
難易度：★★

　　這是一本晚安書，也是一本數數書。故事描述就寢時間到了，十隻活蹦亂跳、貪玩的小貓頭鷹還不肯回巢睡覺。不過，每次貓頭鷹媽媽呼喚：「該睡覺囉！」就會有一隻小貓頭鷹飛回巢內休息，就這樣 10、9、8、7、6、5、4、3、2、1、0，一隻又一隻的貓頭鷹從樹梢上離開，回到巢穴裡安穩的睡覺囉！

　　這本繪本封面與內頁都有挖洞設計，別具巧思，也增加孩童在翻頁閱讀時，觀察每一頁插畫細微變化的樂趣。文字量雖然較大，但重複句型與韻文的呈現，讓人容易朗朗上口。

跟著繪本學英文

　　從繪本中可學到 It's time to . . . (該是…的時候) 的句型，如："It's time for you to rest!" (該是你休息的時候了！)

　　就寢時間到了，爸爸媽媽除了可以用 "It's time for you to rest!" 來提醒孩子之外，也可以學繪本裡的貓頭鷹媽媽換句話說：

You know you need to rest!　你知道你需要休息了！

You really have to rest!　你真的必須休息了！

You must come to rest!　你得來休息了！

和孩子道晚安，除了說 "Good night." 之外，也可以像貓頭鷹媽媽對小貓頭鷹們說："Sweet dreams." (有個美夢。) 或 "Sleep tight." (一夜好眠。)

另外，這本繪本裡，也不斷藉由小貓頭鷹之口重複 so 和 and 的句型來表達理由，例如：

We're practising our song so we can't go to bed!

我們正在練歌，所以我們不能上床睡覺！

We're busy telling stories so we can't go to bed!

我們正忙著講故事，所以我們不能上床睡覺！

We're practising our flying and we won't go to bed!

我們正在練習飛行，我們不要上床睡覺！

We're busy playing games and we won't go to bed!

我們正忙著玩遊戲，我們不要上床睡覺！

Charlie and Lola: One Thing

文、圖／Lauren Child
出版社／Orchard UK
難易度：☆☆☆

透過 Charlie 和 Lola 這對兄妹的對話，作者介紹給小讀者一些有關數字的概念。除了簡單的加減之外，也講到了 hundred (百)、thousand (千)、million (百萬)、billion (十億) 這些大數字，可謂進階版數字認知繪本喔！

另外，在這個故事裡，我們看到可愛的小 Lola 會跟媽媽討價還價。

媽媽說到店裡只能買一樣東西，可是小 Lola 想買不只一樣東西，她詢問媽媽可以買三樣嗎？不然買兩樣行嗎？且看聰明的媽媽如何回答吧！

透過英文繪本學數字，孩子不只學到了數字概念，也無形中習得一些英文，這是跨領域的多元學習方式，也是目前很夯的英文繪本與 STEAM 課程① 的融合喔！

從這本繪本可學到不少數字的英文說法，也可學到問句 How many . . . ?（多少…？），例如：

How many shoes would fifty ladybirds need?

五十隻瓢蟲會需要多少隻鞋子？

How many ducks are following us?

多少隻鴨子正跟著我們？

Counting on Community

文、圖／Innosanto Nagara
出版社／Seven Stories Press
難易度：★★★☆☆

我非常喜歡這本數字書，因為它不單單只是一本數字認知書，還帶給孩子 community (社區) 的概念。透過數字 1 到 10，這本書把社區文

---

① STEAM 課程是指跨領域、強調生活應用的課程設計，S 代表科學 (Science)，T 是指科技 (Technology)，E 指工程 (Engineering)，A 指藝術 (Art)，M 指數學 (Mathematics)。

化和社區民眾彼此的凝聚力展現出來，讓孩子不只學數字，也從中意識到社區與公共事務的重要性。

跟著繪本學英文

這本繪本裡出現 piñata (皮納塔) 和 potluck (一人帶一菜) 這兩個字，與其說孩子學到新的英文單字，倒不如說孩子透過繪本閱讀，對多元文化有更豐富的認識呢！

◆ piñata 是用紙、陶土或布料做成的，裡面包著糖果或玩具。在墨西哥文化中，piñata 常於節慶時被懸掛起來，小孩們會在慶典或派對上拿棒子把 piñata 打破，取出裡面的糖果或玩具。

◆ potluck 是美國文化中一種聚會形式，是指每個人各帶一道菜來餐會上，大家再一起分享。對於多元文化的社區來說，potluck 是一項特別有趣的活動—來自不同文化背景的人們帶來各自文化的特色料理彼此分享，不但凝聚社區居民情誼，也促進文化交流。

另外，書的結尾出現下面這個句子，非常溫暖且有力道的呈現出社區居民彼此的向心力與美好溫暖的情感：I can count on you, and you can count on me. (我可以依靠你，你可以依靠我。) 順便和孩子分享 Bruno Mars "Count on Me" 這首好聽的歌吧！

One stuffed piñata for every holiday

◆ 圖中的小孩正在打 piñata。可以看見社區裡的居民有不同膚色，可知這是一個融合多元文化的社區。這張圖還有一個亮點，就是藏在人群中的大白鴨！其實，這本繪本的封面以及書中每一頁都藏著一隻鴨子喔！共讀時，每翻一頁都可以問問孩子：Where is the duck?

延伸活動

帶孩子親自走訪自己所居住的社區，看看是不是也能透過數字 1 到 10 來呈現自己社區的獨特性呢？

 形狀

Walter's Wonderful Web

文、圖／Tim Hopgood
出版社／Macmillan Children's Books UK
難易度：⭐⭐

　　這本繪本透過小蜘蛛 Walter 織網的故事，讓孩子認識不同的形狀。Walter 想要織一面堅固的網子，才一織完卻被風吹壞了。Walter 於是嘗試織出各種不同形狀的網子，卻一次次失敗。然而 Walter 屢敗屢戰，最後牠會成功織出堅不可摧的網子嗎？

　　透過 Walter 的故事，孩子不但學習形狀的英文單字，也可以學習如何面對挫折。就像愛迪生的名言："I have not failed. I've just found 10,000 ways that won't work." (我沒有失敗。我只是發現了一萬種行不通的方法。) 小蜘蛛 Walter 織網的精神正是如此呢！

跟著繪本學英文

可從這本繪本學習以下幾種形狀的英文名稱：

- triangle　三角形
- rectangle　長方形
- square　正方形

- circle　圓形
- diamond　菱形

② The Shape of My Heart

文／Mark Sperring
圖／Alys Paterson
出版社／Bloomsbury USA
難易度：★★

　　這本繪本裡頭介紹的形狀不是我們一般想到的正方形、長方形、三角形這些形狀喔，而是我們舉目所見各種人事物的型態和樣貌，例如太陽的形狀、車子的形狀、各種食物的形狀等。插畫色彩明亮繽紛，是能夠帶給人好心情的配色嘟！

從這本繪本可學到句型 This is the shape of. . . .（這是…的形狀）：

This is the shape of our eyes.　這是我們眼睛的形狀。

This is the shape of my hand.　這是我手的形狀。

This is the shape of the moon.　這是月亮的形狀。

延伸活動

　　引導孩子用眼細心觀察身邊的事物，讓孩子用 This is the shape of. . . .的句型來描述他身邊的事物吧！

Crescent Moons and Pointed Minarets: A Muslim Book of Shapes

文／Hena Khan

圖／Mehrdokht Amini

出版社／Chronicle Books

難易度：★★★★☆

　　我很喜歡透過繪本去和孩子聊多元文化。這本繪本透過形狀來介紹伊斯蘭文化，讓孩子不只學形狀，還能夠對穆斯林的宗教信仰與生活方式有更進一步的了解。

　　這本繪本出現不少有關伊斯蘭文化的相關詞彙，如：minaret (清真寺宣禮塔)、 mosque (清真寺)、mimbar (清真寺階梯) 等。這些字彙不要說孩子了，連我們大人可能平常都很少接觸，所以不用要求孩子強記喔！讓孩子在閱讀中自然習得就好。

跟著繪本學英文

　　從這本繪本可學習諸多形狀的英文名稱，如：

- crescent　新月形
- cone　圓錐體
- octagon　八邊形

- rectangle　長方形
- triangle　三角形

顏色

Peanut Butter's Delicious Colors

文、圖／Terry Border

出版社／Philomel Books

難易度：🌸

　　這是一本可愛的硬頁顏色認知書。作者將一些常見食物擬人化，以實物拍攝呈現繪本的畫面，非常有意思。

　　從這本繪本可以學習以下幾種日常生活中常見的顏色：

- blue　藍色
- red　紅色
- green　綠色
- orange　橘色
- brown　棕色
- purple　紫色
- yellow　黃色

　　也可學到以下幾種常見食物：

- milk　牛奶
- peanut butter　花生醬
- carrot　紅蘿蔔
- jelly　果醬；果凍
- banana　香蕉
- egg　蛋
- lime　萊姆
- cupcake　杯子蛋糕
- apple　蘋果

　　還會學到 bow (蝴蝶結，[bo]) 這個字喔！這個字要特別提醒孩子的是，其名詞和動詞的唸法不同。bow 這個字當動詞有「鞠躬」的意思，唸成 [baʊ]。

I Spy with My Little Eye
文、圖／Edward Gibbs
出版社／Candlewick Press
難易度：★★

　　這是一本與小讀者可以有較高度互動的繪本。透過挖洞設計，呈現出某種動物的眼睛與身體顏色，並用一句話描述此種動物顯著的特性，藉此讓小讀者猜測：Which animal is it? (這是什麼動物呢？)

　　繪本的最後一個畫面，同時出現先前陸續現身的七種動物，剛好可以來個大總結，讓孩子說說看：這本書裡提到哪七種動物的英文名稱？

跟著繪本學英文

　　可帶孩子從這本繪本中學習幾個常見的動物名稱和顏色的英文，並學習以下這個句子，這個句子會重複在書裡出現：

I spy with my little eye. . . .　　我用我的小眼睛發現…。

　　可學到的動物名稱有：

- whale　鯨魚
- elephant　大象
- polar bear　北極熊
- lion　獅子
- orangutan　紅毛猩猩
- fox　狐狸
- frog　青蛙

可學到的顏色有：

- blue　藍色
- grey　灰色
- red　紅色
- orange　橘色
- white　白色
- yellow　黃色
- green　綠色

延伸活動

　　這本繪本封面和內頁中間都有挖洞的設計，洞中顯示的就是在書中陸續出現的動物們的眼睛。可以讓孩子從洞口看出去，然後問孩子：What can you spy with your little eye? (你可以用你的小眼睛發現什麼?) 藉此讓孩子練習：I spy (something) with my little eye. (我用我的小眼睛發現…) 這個句型喔！

延伸閱讀

　　此一系列還有其他繪本，一併和大家分享：*I Spy Under the Sea*、*I Spy on the Farm*、*I Spy in the Sky*、*I Spy Pets*。

Festival of Colors

文／Surishtha Sehgal, Kabir Sehgal
圖／Vashti Harrison
出版社／Beach Lane Books
難易度：★★

　　可藉由這本顏色書帶孩子認識印度的 Holi Festival (彩色節 ; 灑紅節)。透過故事兩位小主人翁的帶領，我們看到了印度人如何將不同顏色的花瓣搗成五顏六色的粉末來慶祝 Holi 節。書中有段文字為 Holi 節的意義下了簡潔有力的註腳：

Holi is a festival of fresh starts.　灑紅節是一個慶祝新開始的節日。

And friendship.　也是友誼的節日。

And forgiveness.　也是寬恕的節日。

And it's also a festival of FUN!　而它也是個好玩的節日！

可以從這本繪本認識以下幾種花的英文名稱及其對應的顏色：

• hibiscus flower (red)　木槿 (紅色)

• marigold (orange)　金盞花 (橘色)

• orchid (purple)　蘭花 (紫色)

• iris (blue)　鳶尾花 (藍色)

動物

This Is a Pelican.
This Is a Crocodile.
This Is a Rabbit.
This Is a Kitten.

文、圖／Heath McKenzie
出版社／Scholastic Asia
難易度：☆

　　這是四本一系列的小開本硬頁書，設計的概念是一樣的，我就拿其中 *This Is a Rabbit.* 這本來做介紹喔！

　　打開 *This Is a Rabbit.* 這本小書，在第一個內頁看到的是一把剪刀，可是剪刀旁邊卻寫著：This is a rabbit. (這是一隻兔子。) 到底是怎麼回事呢？原來呀，表面上看似剪刀，然而當你把內頁裡的小翻頁往下翻時，一隻兔子就立刻出現在你眼前啦！

　　每個內頁畫面的呈現都是這樣的設計，表面上讓人有圖文不符之感。家長在讓小朋友把小翻頁往下翻、答案揭曉前，可以讓孩子發揮想像力猜猜看喔！比如說，明明畫面上是一支打蛋器，為什麼文字寫著：This is a fish. (這是一條魚。) 到底打蛋器如何變成一條魚？不妨請孩子試著說說看。

親子大手拉小手，
跟著繪本快樂學英文

從這本繪本可以學習以下的動物名稱：

- rabbit　兔子
- kangaroo　袋鼠
- fish　魚
- rhino　犀牛
- platypus　鴨嘴獸
- toucan　巨嘴鳥
- octopus　章魚

Near, Far

文、圖／Silvia Borando
出版社／Candlewick Press
難易度：⭐

Copyright © 2013 minibombo/ TIWI s.r.l. VICINO LOTANO / NEAR FAR by Silvia Borando. Reproduced by permission of Walker Books Limited on behalf of minibombo an imprint of TIWI s.r.l Viale 4 Novembre 12, 42121 Reggio Emilia, Italia

　　這本書的呈現方式很像鏡頭由近到遠的概念。作者一開始只畫出某一種動物的身體局部特寫；再翻下一頁，鏡頭拉得較遠些了，但仍只能看到動物局部的身體；再往下翻頁，這才終於看到整隻動物的全貌。

　　看起來像是小小孩在看的幼幼書，其實大孩子在猜「到底是什麼動物呢？我有猜對嗎？」的過程裡也玩得很開心喔！這是閱讀這類帶點懸疑感的繪本之樂趣所在！

　　雖然這是一本無字繪本，不過在共讀的過程中，家長或老師可以引導孩子學習以下的動物英文名稱：

- crocodile　鱷魚
- bird　鳥
- snake　蛇
- rabbit　兔

- mouse　鼠
- hedgehog　刺蝟
- hippo (hippopotamus)　河馬

The Great Aaa-Ooo!
文、圖／Jonny Lambert
出版社／Little Tiger Press UK
難易度：★★

　　這個故事很有趣。某個夜晚，小老鼠聽到有可怕的 "AAA-OOO! AAA-OOO!" 叫聲陣陣傳來，牠跑去問貓頭鷹是不是牠發出的聲音，貓頭鷹說牠的叫聲才不是那樣呢！大熊也說這絕對不是牠發出的聲音。越來越多動物聚集在一起討論這件事情，牠們害怕是怪物入侵。在和孩子共讀這個故事時，不妨讓孩子說說看，是哪種動物會發出「啊—嗚—啊—嗚」的叫聲呢？

跟著繪本學英文

　　從這本繪本可以學習一些動物的名稱及其擬聲詞，例如：

- mouse: squeak　老鼠：吱吱
- owl: tu-whit tu-whoo　貓頭鷹：嘟噫—嘟呼
- dove: coo　鴿子：咕咕
- moose: bellow　麋鹿：吼吼

- goose: honk　鵝：嘎嘎
- duck: quack　鴨子：呱呱

④ What Does the Fox Say?

文／Ylvis
圖／Svein Nyhus
出版社／Simon & Schuster
難易度：✿✿

　　這本書可謂 "What Does the Fox Say?" 這首曾經非常受年輕人喜愛的歌曲之繪本版。有別於可愛溫馨的插畫風格，來自挪威的插畫家 Svein Nyhus，以充滿奔放、野性及其獨樹一幟的幽默圖像來演繹這首歌。不妨帶著孩子一邊閱讀繪本的文圖，一邊聆聽這首歌曲。多聽幾回，保證孩子就能跟著哼唱，也熟悉了歌詞裡出現的幾種動物擬聲詞，這就是歌曲強大的感染力。

跟著繪本學英文

　　從這本繪本可以學習以下幾種動物的名稱及其擬聲詞：

- dog: woof　狗：汪汪
- cat: meow　貓：喵喵
- duck: quack　鴨子：呱呱
- fish: blub　魚：啵啵
- frog: croak　青蛙：呱呱
- bird: tweet　鳥：啾啾
- mouse: squeak　老鼠：吱吱
- cow: moo　母牛：哞

Cat Says Meow: And Other Animalopoeia

文、圖／Michael Arndt

出版社／Chronicle Books

難易度：☆

　　這本介紹動物擬聲詞的繪本，其插畫特色在於，每種動物的圖像上都可找到對應此動物的擬聲詞。例如，第一頁出現的句子是：Dog says woof.(狗汪汪叫。) 搭配此句的圖像是一隻狗的頭部和臉部造型，且在這個狗的圖像上，我們可以找到 w, o, o, f 這四個字母，這四個字母分別構成了狗的耳朵、眼睛、鼻子和嘴巴。是不是很有創意呢？也增添了孩子在閱讀這本書時享受「尋找字母」的樂趣。

跟著繪本學英文

從這本繪本可以學習常見動物名稱及其相對應的擬聲詞，如：

Mouse says squeak.　老鼠吱吱叫。

Cat says meow.　貓喵喵叫。

Cow says moo.　母牛哞哞叫。

Pig says oink.　豬哼哼叫。

Crow says caw caw.　烏鴉嘎嘎叫。

延伸活動

和孩子比較看看中英文擬聲詞的相似與相異吧！

相反詞

The Greatest Opposites Book on Earth

文／Lee Singh
圖／Tom Frost
出版社／Big Picture Press
難易度：★★

　　這本大開本的硬頁書以馬戲團為故事場景，每個內頁各有不同的小翻頁機關設計喔！孩子一定會愛不釋手的！爸爸媽媽千萬別擔心學齡前的孩子因為好奇而不斷的重複開開關關小翻頁，會導致書有所破損的問題。買書就是要物盡其用。書不是裝飾品，孩子喜歡，願意去碰觸，是好事。孩子從一次次的共讀和小手操作的過程中去探索與學習，這樣書本才有發揮價值的機會，您說是不是？

跟著繪本學英文

從這本繪本可以學習以下所列之相反詞：

closed　關閉的　◀—▶　open　開著的

wet　潮濕的　◀—▶　dry　乾燥的

same　相同的　◀—▶　different　不同的

here　在這裡　◀—▶　there　在那裡

few　很少　◀—▶　many　許多

cold　冷的　◀—▶　hot　熱的

near　近的　◀—▶　far　遠的

down　向下　◀—▶　up　向上

in　在裡面　◀—▶　out　在外面

short　矮的　◀—▶　tall　高的

quiet　安靜的　◀—▶　loud　大聲的

另外，也可以學到 Welcome to. . . . 的句型，如書中寫到 "Welcome to the world of the circus!" (歡迎來到馬戲團世界！) 可以引導孩子說出更多 Welcome to. . . . 的句子，例如：

Welcome to my house.　歡迎來到我家。

Welcome to our school.　歡迎來到我們學校。

Welcome to Taiwan.　歡迎來到臺灣。

Opposnakes: A Lift-the-Flap Book about Opposites

文、圖╱Salina Yoon
出版社╱Little Simon
難易度： ☆

　　從書名 *Opposnakes* 不難猜到這本繪本是以蛇 (snake) 為主角。怕蛇的朋友，別怕別怕，繪本創作者 Salina Yoon 筆下的蛇十分可愛，且用色五彩繽紛，相當吸睛。書裡每一頁都做了左右拉頁設計，在讓孩子翻開拉頁之前，先讓孩子動動腦，想想對應的相反詞，再揭曉答案囉！

跟著繪本學英文

　　從這本繪本可以學習下列相反詞：

straight 直的		tangled 糾纏的
dirty 髒的		clean 乾淨的
skinny 極瘦的		plump 豐腴的
quiet 安靜的		loud 大聲的
cold 冷的		hot 熱的
slow 慢的		fast 快的

Touch Think Learn: Opposites

文、圖／Xavier Deneux

出版社／Chronicle Books

難易度：★

　　這本繪本適合小小孩或初接觸英語的小朋友閱讀。它的內容很單純，就是幾組相反詞的介紹。但看似簡單的書，其實在版面設計上是非常用心的，做了一些凹面和凸面的圖像變化，讓畫面的呈現產生立體的效果。這對於正在發展各種感官能力的小小孩來說，給予了他們用小手觸摸、感受凹面和凸面不同觸感的機會。

跟著繪本學英文

從這本繪本可以學習以下相反詞：

white 白色的	➤	black 黑色的
high 高的	➤	low 低的
full 滿的	➤	empty 空的
caged 籠中的	➤	free 自由的
outside 在外面	➤	inside 在裡面
night 夜晚	➤	day 白天
small 小的	➤	big 大的
heavy 重的	➤	light 輕的

What's Up, Duck?: A Book of Opposites

文、圖／Tad Hills

出版社／Schwartz & Wade Books

難易度：☆

這本硬頁小書十分淺易，適合小小孩閱讀，從中認識相反詞概念。書裡的主人翁是可愛的小鴨與小鵝，牠們倆是一系列非常受歡迎的硬頁小書的主角喔！

跟著繪本學英文

可以從這本繪本學習以下相反詞：

front 正面	back 背面
loud 大聲的	quiet 安靜的
happy 快樂的	sad 傷心的
near 近的	far 遠的
slow 慢的	fast 快的
clean 乾淨的	dirty 髒的
heavy 重的	light 輕的
up 在上面	down 在下面
awake 醒著的	asleep 睡著的

loud

quiet

◆ 「大聲」與「安靜」的概念如何透過圖畫表達呢？Tad Hills 巧妙地安排了大叫的小鴨，與正在耳語的小鳥和小鵝，將兩個相反概念生動表現出來。和孩子共讀時，可以大聲唸出 "loud"，然後跟小鳥一樣在孩子耳畔輕聲說 "quiet"，孩子就能很快學會這兩字的意思。

延伸閱讀

Tad Hills 所著的小鴨小鵝系列都很適合幼兒閱讀，圖畫可愛，故事簡單而溫暖。此系列第一本書 *Duck & Goose* 堪稱經典，曾登上紐約時報暢銷書榜，之後的 *Duck, Duck, Goose*、*Duck & Goose Colors* 等十餘本作品亦讓許多小小讀者百讀不厭。

Opposite Things

文、圖／Anna Kövecses
出版社／Wide Eyed Editions
難易度：☆

　　這是一本小開本的硬頁書，透過一個又一個小翻頁的設計，讓孩童認識相反詞的概念。

　　書中主角是一隻可愛的小老鼠，全書藉由和小老鼠的一問一答，搭配構圖簡單、色彩鮮明的圖畫與小翻頁，將相反詞概念清晰地呈現在小讀者面前。相反詞概念相較於數字、形狀、顏色、動物，對幼兒來說是屬於最難理解的認知概念，需要花較長時間學習。此篇章總共介紹了五本相反詞繪本，相信能讓孩子在共讀過程中自然習得相反詞的英文。共讀之後，家長可以透過簡單的表演示範並借助生活中的物品讓孩子加深學習印象。例如，家長分別做出快樂和傷心的表情，讓孩子複習 happy 和 sad ；或實際拿一個罐子先裝滿糖果再倒空 ， 讓孩子複習 full 和 empty。

　　Opposite Things 作者 Anna Kövecses 是一位匈牙利藝術家，也是三個孩子的母親，居於賽普勒斯島海邊的一個小村莊。由於從小受到東歐文化的薰陶，加上得到地中海景色的大自然色彩啟發，Anna Kövecses 的繪本作品以鮮明大膽的用色、幾何形狀的運用和簡潔的風格為特色。而如此簡單明亮的繪畫風格正適合刺激幼兒的認知學習。

可以從這本繪本學習以下相反詞：

small 小的	⇄	big 大的
daytime 白天	⇄	nighttime 夜晚
happy 快樂的	⇄	sad 傷心的
inside 在裡面	⇄	outside 在外面
hot 熱的	⇄	cold 冷的
full 滿的	⇄	empty 空的

還可以學到以下日常生活常用問句：

What's the weather like? 天氣如何？

What time is it? 現在幾點？

Where are you going? 你要去哪裡？

Where are you? 你在哪裡？

What is it like outside? 今天外頭天氣如何？

延伸閱讀

Learn with Little Mouse 是 Anna Kövecses 的一系列繪本作品，由可愛的小老鼠帶領小小讀者探索許多基本認知概念。此系列除了相反詞繪本 *Opposite Things* 之外，還有同樣受歡迎的數字繪本 *Counting Things*。此外，還有給幼兒的圖畫百科全書 *One Thousand Things*，能幫助孩子在繽紛的圖畫中接觸一千個最基本的英文單字。

Part II 實作篇
第二章【從繪本學習生活英文】

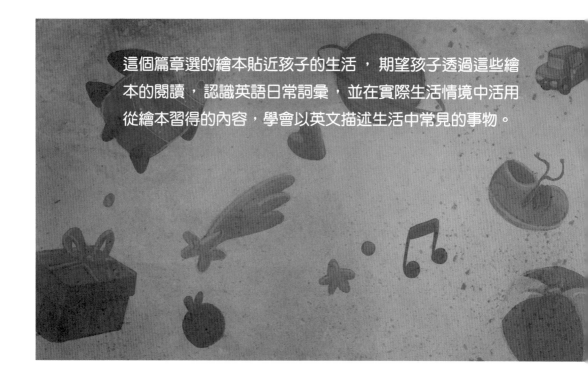

這個篇章選的繪本貼近孩子的生活，期望孩子透過這些繪本的閱讀，認識英語日常詞彙，並在實際生活情境中活用從繪本習得的內容，學會以英文描述生活中常見的事物。

・天氣

・家庭

・交通工具

・學校

・食物

・職業

從繪本
學習生活英文

"Drawing, eating, cooking, biking, living, loving and stuff with 'ing,' I am not a dolphin." (我畫畫、吃東西、做料理、騎單車。我活著。我愛著。我做許多的事情。我不是 dolphin。) 兒童繪本作家、*The Weather Girls* 作者 Delphine Mach 這麼介紹自己。簡短一句話，道出她對生活的熱情。

我們也熱愛生活、懂得生活嗎？對於我們多數大人來說，這個問題也許不容易直接給個肯定的答案。但我們的孩子，其實天生就具有對生活的熱愛。因為他們擁有一顆好奇心和無窮的想像力；因為他們容易快樂，容易從小小的事情上挖掘出生活中的樂趣。

　　正因如此，當我們和孩子共讀時，生活主題類型的繪本極容易引起孩子的共鳴。這些繪本與孩子的日常生活緊密連結，能滿足孩子的好奇心，幫助孩子探索更多生活中的事物。而生活主題的英文繪本更是孩子學習英文時不可缺少的讀物，因為他們從中學習到的英文能直接運用在生活中。當孩子知道每天生活所見的各樣人事物，可以用他們在繪本裡學習到的英文來指認時，他們會感到興奮雀躍。

　　這個篇章介紹了關於天氣、交通工具、食物、家庭、學校和職業的英文繪本。每一本繪本都能讓孩子透過精彩的圖畫或有趣的小故事來學習生活英文。並且，這些繪本都富含巧思。共讀時記得不只帶孩子讀文字，也要「讀圖畫」，畫中可能埋藏著文字沒有透露的訊息。透過這樣的閱讀過程，能培養孩子的觀察力，也激發孩子的想像力。更重要的是，孩子會在這些小小的圖畫細節中，發現意想不到的閱讀樂趣。

天氣

Red Sky at Night

文、圖／Elly MacKay
出版社／Tundra Books
難易度： ✿ ✿ ✿

　　這本美麗的繪本集結了一些英語裡有關天氣預測的民間諺語，很有意思。和孩子們談到有關天氣的詞彙與句型時，不妨也和孩子們分享這些前人流傳下來有關預測天氣的智慧喔！

跟著繪本學英文

從這本繪本可學到流傳於民間的天氣相關諺語。像是：

1. When ladybugs swarm, expect a day that's warm.

   若瓢蟲湧現，將一日暖和。

2. Red sky in the morning, sailors take warning!

   早霞紅如火，水手要當心！

3. If seabirds fly to land, there truly is a storm at hand.

   如果海鳥飛到陸地，暴風雨即將來襲。

4. When the dew is on the grass, no rain will come to pass.

　　草上露珠閃，告別下雨天。

5. Ring around the moon, rain will come soon.

　　月亮鑲銀邊，雨天快要來。

延伸活動

　　除了和孩子一起透過閱讀增長知識外，不妨也和孩子一起想想，臺灣諺語當中有沒有哪些也和天氣相關的呢？東西方的天氣諺語有沒有雷同或大異其趣之處？

延伸閱讀

　　如果孩子年齡較小，想要帶領孩子接觸天氣相關的英文，建議可先從讓孩子動手玩的立體書 *Maisy's Wonderful Weather Book* 開始；或是閱讀可以帶孩子跟著唱的歌唱書，如 Caroline Jayne Church 創作的 *Rain, Rain, Go Away!* 及 Tim Hopgood 的 *Singing in the Rain*，會增加許多親子互動學習的樂趣！

The Weather Girls

文、圖／Aki (Delphine Mach)

出版社／Henry Holt Books for Young Readers

難易度：☆☆

　　這本繪本裡有十六個可愛的小女孩，她們共同體驗春夏秋冬四季天氣的變化。不同的季節各自有著適合的戶外活動可以進行喔！翻開繪本之前，可以先問問孩子有沒有想到哪些適合在不同季節從事的活動？比如說，炎熱的夏天會想要做什麼呢？涼爽的秋天又有什麼適合進行的事情呢？讓孩子先試著想一想，再翻開繪本來看看故事裡的這十六個小女孩在四季所從事的活動有哪些吧！

跟著繪本學英文

　　從這本繪本可以學習春夏秋冬四個季節的英文名稱：

- summer　夏天
- fall　秋天
- winter　冬天
- spring　春天

　　另可學習天氣相關詞彙：

- bright sun　明亮的太陽
- windy　多風的
- snow　雪
- blizzard　暴風雪
- gentle breeze　微風
- rainbow　彩虹

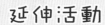

延伸活動

　　讀完這本書後，可和孩子聊聊兩個問題：

1. What's your favorite season? / What season do you like best? Why?

   你最喜歡什麼季節？為什麼？

2. What season don't you like? Can you tell me the reason?

   什麼季節你不喜歡？你能告訴我原因嗎？

延伸閱讀

　　炎熱的夏天常出現大雷雨，伴隨轟隆隆的雷聲，讓小小孩聞之色變。*Thunder Cake* 是一本感人又勵志的繪本，作者畫出自己兒時的真實故事，回憶小時候祖母是如何讓她克服對雷聲的恐懼。書末最後一句話 "From that time on, I never feared the voice of thunder again."(從那時起，我再也不懼怕雷聲。) 祖母的愛與智慧讓孩子學會了勇敢。這是一個大人和小孩都會喜歡的故事。

交通工具

A Quiet Quiet House

文／Georgiana Deutsch
圖／Ekaterina Trukhan
出版社／Little Tiger Press UK
難易度：⭐⭐

　　一隻接著一隻的老鼠帶著包裝得妥妥當當的東西，並且各自使用不同的交通工具，陸續前往一棟屋子裡。牠們到底來這個屋子做什麼呢？牠們又各帶了什麼東西來呢？

　　這是一本有趣的洞洞書，共讀時可以和孩子一起觀察插畫中的小細節。每翻下一頁，會發現看似房屋景物類似，其實都藏著微妙的變化。例如書中主角小老鼠們，會慢慢出現在書本右頁那棟 quiet house 的小窗戶裡。可以讓孩子看看可愛的小老鼠們各自在忙什麼呢？然後再讓孩子猜猜看牠們即將齊聚在屋子裡進行什麼樣的活動。

　　閱讀的過程中會發現越來越多的小老鼠來到小房子裡，讓房子越來越熱鬧，從 quiet house 變成了 not-so-quiet house，再變成 VERY NOISY house。(英文故事中如果看見單字以大寫字母拼寫，表示作者想加強語氣以示強度。）而除了主角小老鼠們外，左頁另一棟房子住著的鄰居竟然是貓！看看喜歡安靜的貓，對於小老鼠的吵鬧會有什麼反應？也可以觀察兩棟房子之間的小鳥和小蝸牛，牠們在每一頁當中都會出現，並且也隨著故事發展不斷有所變化。

　　和孩子共讀這本書時可以一面學習各種生活情境中會使用的英文單字，並一面培養孩子對細節的觀察力。

跟著繪本學英文

　　從這本繪本可學到幾種交通工具名稱，如：

- moped　電動腳踏車
- car　汽車
- bicycle　腳踏車
- unicycle　單輪車

　　幾個天氣相關的單詞，如：

- cloud　雲
- rainbow　彩虹
- rain　雨
- wind　風

　　幾種樂器名稱，如：

- drum　鼓
- flute　長笛
- keyboard　鍵盤樂器
- saxophone　薩克斯風

　　幾種顏色名稱，如：

- purple　紫色
- pink　粉紅色
- lilac　淡紫色
- orange　橘黃色

Truck Full of Ducks
文、圖／Ross Burach
出版社／Scholastic Press
難易度：★★☆

　　這個故事太可愛啦！狗狗 Bernie 載著一卡車的鴨子出發要前往訂戶那裡，到底是哪一位顧客訂了一卡車的鴨？途中 Bernie 一一詢問遇見的人："Did you call for a truck full of ducks?"（你訂了滿滿一卡車的鴨子嗎？）大家的回應都是："No"。最後終於找到了客戶，但這位客戶讓鴨子聞風喪膽！！！你猜是誰？牠又為什麼要叫一卡車的鴨子來牠家呢？鴨兒們的小命會不會不保呢？結局令人莞爾一笑喔！

　　從這本繪本可以學習各種 truck 的英文名稱，如下：

- mail truck　郵車
- dump truck　自動傾卸卡車
- ice cream truck　冰淇淋車
- tow truck　拖吊車

◆ 在這張圖中，Bernie 問要去海邊玩水的鯊魚和小豬：“Did you call for a truck full of ducks?” 鯊魚回答：“No, dude, not us. We called for an ice cream truck!”（不，老兄，不是我們。我們叫的是冰淇淋車！）而畫面另一邊正是冰淇淋車。和孩子共讀這本繪本時，可以帶孩子看看圖畫中出現的一些小字。像這張圖中鯊魚拿的衝浪板上寫著 “Surf Shark”，surf 就是衝浪的意思；而 Bernie 的卡車上寫著 “TRUCK full of DUCKS” 及 “est. 1980”，est. 是 established 的縮寫，意思是 Bernie 的公司創立於 1980 年。

The Airport Book

文、圖／Lisa Brown
出版社／Roaring Brook
難易度：★★★

　　這本繪本以一家四口搭機的過程來描述整個機場的空間配置以及搭乘飛機的手續與流程。是我所看過的機場主題相關繪本中，我認為最為優質、最有可看性的一本。

　　插畫裡有頗多小細節及對話框，可以帶孩子細細觀察及閱讀。作者不僅安排了一家四口的旅行為故事主軸，插畫中還有幾個副軸線同時進行，非常有意思。例如有一對老先生和老太太與這一家人搭乘同一班飛機，他們在許多頁面都有出現；還有一位上班族打扮的女性，她在上飛機前一直忙著講電話，一上飛機就戴上眼罩睡覺，而一下飛機就又開始繼續講電話，將搭機出差旅客的形象刻劃得活靈活現。還有一位女性帶著她的寵物狗上飛機，而寵物托運和客艙是分開的，因此當下飛機後，小狗終於看到主人，就興奮的汪汪叫。(書中以 "Arf" 來模擬狗叫聲。)此外，機場的插圖中呈現形形色色的旅客，包含不同的年齡層和不同的種族、信仰，而他們搭機的目的和心情也各自不同。

　　書中的文字簡單而優美，如果孩子已學習英文較長時間，或是年齡較長，可以試著帶孩子細細品味書中每一句話。雖然看似是平鋪直敘地描述搭乘飛機看到的一切，但字裡行間卻流露出一種俯瞰芸芸眾生的詩意。例如上飛機前，敘述者對機場的描述是 "There are lots of people saying lots of goodbyes. Sometimes they hug. Sometimes they cry." (有許多人說著再見。有時候他們擁抱。有時候他們流淚。) 一個長句接兩個排比的短句，營造詩一般的節奏。而下飛機後，敘述者對機場外的形容則是 "Outside there are lots of people saying lots of hellos. Sometimes they hug. Sometimes they cry. Then everyone leaves." (機場外有許多人說著哈囉。有時候他們擁抱。有時候他們流淚。隨後他們便離去。) 全書透過這短短幾行文字首尾呼應，悠悠道出人與人之間聚散離合的情緒。

從這本繪本可以認識許多在機場會看到、聽到的語彙與句子，如：

- boarding pass　登機證
- gate　登機門
- baggage claim　行李領取處
- jetway　空橋
- baggage carousel　行李傳送帶

Have a good trip!　旅途愉快！(送機時可說的祝福語。)

Welcome aboard!　歡迎搭乘！(登機時會聽到的歡迎詞。)

延伸活動

　　帶孩子搭機出國遊玩前，可與孩子共讀這本書，讓孩子對機場先有粗略的概念。等孩子親身來到機場，就可以將他實際觀察到的人事物與繪本裡的圖文做個連結與比較。閱讀與生活有了連結，孩子在閱讀中學到的，才能運用在生活中。

4 Car, Car, Truck, Jeep

文／Katrina Charman
圖／Nick Sharratt
出版社／Bloomsbury Children's Books UK
難易度：★★

　　這本繪本介紹各種海陸空常見的交通工具，文字可帶著孩子以 "Baa, Baa, Black Sheep" [2] 的旋律來哼唱喔！帶著孩子唱幾次後，孩子就會很快把這本書的文字自然而然記起來，不費力地吸收許多英文單字。

　　此外，書中出現許多女性角色，例如插圖中加油站的工作人員，及文字 "One for the pilot in her jumbo jet plane." 和插圖都有出現的大型客機駕駛，皆是由女性擔任。看到這句話時可以問孩子：這位駕駛是男生還是女生？孩子可能會從圖畫推測，這時可以告訴孩子光是從外型其實無法確定，但是從英文字 her 就可以完全肯定囉！這正是英文這個語言的特色之一，即講求精確性。藉著代名詞的所有格，不但告訴了讀者 jumbo jet plane 是誰的，還同時讓讀者知道這個人是男生還是女生。

　　書中圖畫用色明亮，構圖簡單而不失巧思。例如紅色的小公車上寫著小字 "READ BOOKS"，車上真的有乘客正在閱讀呢！在這個人人到處滑手機的時代，小小的插畫巧思更別有一番意味。

---

[2] "Baa, Baa, Black Sheep" (黑綿羊咩咩叫) 是一首古老的英文童謠。歌詞簡短，旋律簡單，孩子容易琅琅上口，在英美地區傳唱兩百多年至今。 Car, Car, Truck, Jeep 書中插畫也出現 Baa Baa 叫的黑色小綿羊，暗示此書和這首歌的微妙關係。

從這本繪本可以學到以下交通工具的英文名稱：

- truck　貨車
- helicopter　直升機
- bus　公車
- train　火車
- jumbo jet plane　大型客機
- tractor　拖拉機
- jeep　吉普車
- taxi　計程車
- dumper truck　自動傾卸卡車
- police car　警車
- ambulance　救護車
- motorbike　機車

　　另外也可以學到 garage 這個字除了車庫的意思外，也可以用來指 gas station (加油站)。

5 All Kinds of Cars

文、圖／Carl Johanson
出版社／Flying Eye Books UK
難易度：☆

　　這本繪本裡面有各式各樣的車子，有些是目前真實世界裡有的車種，也有非常多是來自於作者的想像世界。帶孩子一起來看看有哪些是真實存在的車種，有哪些車種是出自作者的想像呢？另外，也可以和孩子討論，書裡作者畫的這麼多款虛構的車子當中，有哪些也許在未來某一天會實際出現在我們的生活中？請孩子說說他的想法吧！

跟著繪本學英文

這本繪本就像一本車子的小百科，可以從中學習各式車種的英文名稱，如：

- jeep　吉普車
- electric car　電動汽車
- snowmobile　雪上摩托車
- all-terrain vehicle　全地形車
- fire engine　消防車
- concrete mixer truck　水泥攪拌車

延伸活動

書中有許多作者天馬行空想像出來的車種，如 cake car (蛋糕車)、chimney car (煙囪車)、doughnut car (甜甜圈車) 和 carpet car (地毯車) 等等。讓孩子也畫畫他的「未來之車」，並為這輛車取個酷炫的名字吧！

食物

Eating the Alphabet: Fruits & Vegetables from A to Z

文、圖／Lois Ehlert
出版社／Houghton Mifflin Harcourt
難易度：★★

　　這本繪本是「蔬果」主題字母書，依 A 到 Z 的順序介紹了各式各樣的蔬菜水果。有不少蔬果的英文名稱可能連我們大人都不太熟悉呢！和孩子共讀、共學，一同長知識吧！

　　在翻開這本書前，你有想到字母 X 開頭的哪一種蔬果名稱嗎？是不是很難想呢？作者在字母 X 這個頁面安排 xigua 登場，就是中文「西瓜」直接音譯而成的英文單字，令人莞爾一笑，覺得好親切呀！

跟著繪本學英文

　　這本繪本裡出現好多蔬果的英文名稱，大人遇到不熟悉的單字時，可以和孩子一起查字典或上網查詢，這也是親子共學英文的樂趣喔！例如 date 這個字，我們知道它有「日期」和「約會」之意，沒想到它另有「椰棗」的意思，太有趣啦！可以打開 Google，輸入關鍵字 date + fruit，搜尋相關圖片，讓孩子看看 date 長什麼樣子吧！

I Will Not Ever Never Eat a Tomato

文、圖／Lauren Child

出版社／Orchard UK

難易度：★★☆

故事裡的 Lola 是個 fussy eater (挑食者)，她不吃的東西可多著呢！這個不吃，那個不吃，尤其絕對絕對不吃番茄。還好她有個聰明的哥哥 Charlie，竟然可以帶 Lola 展開無邊無際的美好想像，讓 Lola 吃下她平常不吃的東西，當然包括番茄。而且 Lola 吃得很開心喔，沒有絲毫地勉強。且看 Charlie 是怎麼和 Lola 對話的吧！

跟著繪本學英文

從這本繪本可以學到日常生活中常見食物名稱，如：

- pea　豌豆
- carrot　紅蘿蔔
- potato　馬鈴薯
- tomato　番茄
- mushroom　蘑菇
- spaghetti　義大利麵
- sausage　香腸
- cauliflower　花椰菜

延伸閱讀

Charlie 和 Lola 兩兄妹是 Lauren Child 筆下一系列故事的主角，*I Will Not Ever Never Eat a Tomato* 是這系列的首部作品。本書在實作篇第一章的數字單元所介紹的 *One Thing* 則是這系列近年的作品。建議也可和孩子共讀 *I Am Too Absolutely Small for School* 及 *I Am Not Sleepy and I Will Not Go to Bed*。這兩個故事既溫馨又好笑，且對孩子深具啟發意義。

③

How Did That Get in My Lunchbox?: The Story of Food

文／Chris Butterworth
圖／Lucia Gaggiotti
出版社／Candlewick Press
難易度：★★☆

透過這本繪本，可以讓孩子知道我們所吃的食物是怎麼來到我們面前的，像是麵包、乳酪、番茄、紅蘿蔔等食物是怎麼來的呢？書裡有簡明且活潑的圖文說明。另外，書裡也帶給孩子健康的飲食概念，像是 carbohydrates (澱粉類食物) 的攝取不可少，並且一天要攝取多種不同的蔬果等。

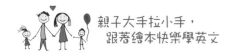

從這本繪本可學習日常食物名稱，如：

- sandwich　三明治
- apple juice　蘋果汁
- bread　麵包
- cheese　起司
- chocolate chip　巧克力豆
- clementine　小柑橘

 延伸閱讀

如果孩子年齡較長或學習英文時間較長,非常推薦帶孩子共讀經典繪本 Cloudy with a Chance of Meatballs,讓孩子想想看如果食物不是像現實中這樣的方式生產,而是直接從天而降,會發生什麼事呢?究竟是福是禍?這本繪本看似逗趣搞笑,其實也引人深思。有限的食物資源不只需要珍惜,也值得感恩。

4　On the Farm, at the Market

文、圖／G. Brian Karas
出版社／Henry Holt & Co
難易度：★★☆

透過這本繪本,可以讓孩子了解我們餐桌食物的來源與製造過程,包含農產品、乳製品和菇類等,在書中都有清楚的介紹。也讓孩子知道，不是只有種蔬果、稻米的人才叫做 farmer (農夫)，在 dairy farm (乳牛場) 和 mushroom farm (蘑菇農場) 工作的人，也稱為 farmer 喔！

這本繪本也介紹了 farmers' market (農夫市集)。家長在帶讀時，可以與孩子分享直接向農夫購買食材的原因及其意義。

藉由繪本的引導，孩子們了解到餐桌上的各種食物皆得來不易，他們會更加珍惜眼前的食物，並向辛苦的農夫們表達誠摯的謝意。

從繪本中可學習一些食材和食物名稱，如：

- Cheddar cheese　切達起司
- mushroom　蘑菇
- Swiss chard　牛皮菜
- egg　蛋
- leek　韭蔥

延伸活動

不妨帶孩子親自到農場參與體驗課程，讓孩子更真切地感受到農夫的辛勞與食物的珍貴。

家庭

Whose Mouse Are You?

文／Robert Kraus

圖／Jose Aruego

出版社／Simon & Schuster

難易度：🌸

　　這本繪本文字十分淺易，很適合初學英語者閱讀喔！故事中的小老鼠有媽媽、爸爸和姊姊，但媽媽被貓給吃進肚子裡了，爸爸被困在人類設下的陷阱裡了，姊姊則離家到很遠的地方去了。且看這隻小老鼠如何讓一家人團聚吧！後來這個老鼠家庭還多了一個新成員喔！

　　這是一則關於親情的故事，內容淺顯易懂。但特別的是，它用這樣簡單的情節就說明了家庭與自我身分認同的關係。故事一開始寫到 "Whose mouse are you? Nobody's mouse." (你是誰的老鼠?誰也不是。) 這就像是在問 "Who am I? I'm nobody."。人對自我身分的探問一直是文學與哲學經常處理的主題，也是孩子在成長過程中可能會產生的困惑。而這整個故事正是小老鼠自我探問的過程。故事提供這個哲學問題一個簡單而充滿智慧的答案——"Whose mouse are you? My father's mouse. . . ." (你是誰的老鼠？我是我爸爸的老鼠……)。愛我們的人與我們愛的人，就是我們生命的一部分。故事最後，小老鼠說："My brother's mouse—

he's *brand* new!" (我是我弟弟的老鼠,他是新成員!) 隨著不同的人來到我們的生命中,自我也不斷被賦與新的意義。

跟著繪本學英文

從這本繪本可以學到以下幾個常用家庭成員稱謂:

• father　爸爸　　　　• mother　媽媽
• sister　姊妹　　　　• brother　兄弟

也可學到所有格的概念,如:

Whose mouse are you? My father's mouse, from head to toe.

你是誰的老鼠?我徹頭徹尾是我爸爸的老鼠。

Whose mouse are you? My sister's mouse, she loves me too.

你是誰的老鼠?我姊姊的老鼠,她也很愛我。

另外,還可學到 Where is your . . . ? (你的…在哪裡呢?),如下例:

Where is your mother?　你的媽媽在哪裡?

Where is your father?　你的爸爸在哪裡?

Where is your sister?　你的姊姊在哪裡?

延伸活動

可以問孩子 "Whose boy / girl are you?",再引導孩子回答 "My father's boy / girl."、"My mother's boy / girl."、"My grandfather's boy / girl." 等等,讓孩子學習更多家庭人員稱謂並複習英文所有格的概念。

2 My Family Tree and Me

文、圖／Dušan Petričić
出版社／Kids Can Press
難易度：★★☆

　　這本繪本正反面各呈現一個封面，一面是介紹故事主人翁的爸爸這一邊的家庭成員，另一面是介紹主人翁的媽媽這一邊的家庭成員，然後兩邊的家庭成員在書的中間來了個大團聚，讓小讀者可以很清楚地了解家庭樹 (family tree) 的構成喔！

　　此外，透過這本繪本也可以讓孩子看到家庭的組成有其多元性，像故事裡主人翁的爸爸媽媽就是異國婚姻，而媽媽的兄弟選擇了與他同性別的伴侶。

　　很開心看到越來越多繪本呈現多元的家庭型態，相信我們的下一代會有更開闊的心胸接納不同性別取向的人。

跟著繪本學英文

　　從這本繪本可以學習常見的家庭成員稱謂，如下：

• grandfather　爺爺；外公　　　• grandmother　奶奶；外婆

• uncle　伯父；叔叔；舅舅　　　• aunt　姑姑；阿姨；伯母

• dad　爸爸　　　　　　　　　　• mom　媽媽

• cousin　堂／表兄弟姊妹

延伸閱讀

　　異國婚姻所組成的家庭在現代社會越來越普遍。當家人來自不同的文化、說不同的語言，會是什麼樣有趣的情景呢？越裔美國作家 Minh Lê 的作品 *Drawn Together* 描繪一對語言不通的爺孫倆，漸漸找出共同的溝通方式，故事溫馨感人。書中插畫呈現不同的文化元素相互激盪、融合、最後迸發出火花的精采過程，值得帶孩子細細欣賞。

3

The Great Big Book of Families

文／Mary Hoffman
圖／Ros Asquith
出版社／Penguin Group USA
難易度：★ ★ ★

　　打破一般故事對家庭成員的常見設定，這本繪本介紹出現在真實世界中的各種不同的家庭型態，如：單親家庭、隔代教養、領養家庭，以及有著兩個爸爸或兩個媽媽的同志家庭等。並介紹不同家庭的住屋、假期的安排、飲食習慣、穿著、嗜好和使用的交通工具等等。帶孩子閱讀這本書時，可以讓孩子也說說看：「我們家是屬於書本裡提到的哪一種類型呢？」此外，也請記得引導孩子尊重、接納多元的家庭結構。

跟著繪本學英文

從這本繪本可以學到家庭成員稱謂，如：

- daddy　爸爸
- brother　兄弟
- grandpa　爺爺；外公
- uncle　伯父；叔叔；舅舅
- great-grandpa　曾祖父

- mommy　媽媽
- sister　姊妹
- grandma　奶奶；外婆
- auntie　姑姑；阿姨；伯母
- great-grandma　曾祖母

另可學到以 Some.... Some.... 的句型描述人事物，如下：

Some families dress up for special occasions.

But some like to wear jeans all the time.

And some dress any way they please.

有些家庭會為了特別的場合盛裝打扮。

而有些老愛穿著牛仔褲。

有些則是想穿什麼就穿什麼。

學校

S is for School: A Classroom Alphabet

文、圖／Greg Paprocki

出版社／Gibbs Smith

難易度：☆

　　這是一本以「學校」為主題的字母書。從 A 到 Z，每個字母都連結了一個和「學校」、「上學」、「教室」有關的單詞，例如：“A is for alphabet.”、“B is for backpack.”、“C is for crayons.”、“D is for desk.” 等。對初接觸英語的小讀者來說，是很生活化的入門書喔！

跟著繪本學英文

　　從這本繪本可以學習二十六個與「學校」、「上學」、「教室」有關的單詞，如：

- alphabet　字母表
- crayon　彩色蠟筆
- eraser　橡皮擦
- friend　朋友
- game　遊戲

- backpack　背包
- desk　書桌
- homework　回家作業
- math　數學
- notebook　筆記本

延伸活動

可以帶著孩子共同製作一本主題字母書，比如：A Family
Alphabet、A Christmas Alphabet、A Food Alphabet 等。透過這個活
動，可以協助孩子累積相關主題詞彙。

School's First Day of School

文／Adam Rex
圖／Christian Robinson
出版社／Roaring Brook
難易度：★★☆

　　這個故事的視角很有意思，是以一所新蓋的「學校」為敘述者，來
描繪「它」所觀察到的一年級小學生第一天的校園生活。適合帶著即將
入學的小朋友一起看這本書，讓孩子腦海裡對即將踏入的小學生活有粗
略的輪廓與心理準備。也適合與已踏入小學學習階段的孩子們分享，繪
本裡諸多場景和文圖描述，頗能引發孩子的共鳴！也可以讓孩子藉由這
本書觀察看看：美國小學和我們的小學有什麼相異和相似之處？透過如
此的繪本帶讀，孩子對多元文化的認知、尊重與接納將逐漸萌芽，為往
後成為一名世界公民做預備。

跟著繪本學英文

　　這本繪本的文字量較大，不用預設孩子必須從這個故事裡頭學到哪
些英文詞彙或句型。每個孩子從同一本書中學到的東西可能都不盡相

同，有時候大人真的不需要太過擔心孩子到底有沒有從閱讀中學到東西。語言學習是長期且緩慢累積的歷程，或許哪天孩子會脫口而出一句他在繪本中習得的句子讓你大吃一驚也說不定呢！總是要給孩子大量且足夠的 input（輸入），孩子才能有正確且地道的 output（輸出）！學習語言，持續走在閱讀的路上，準沒錯。

Back to School, Splat!

文、圖／Rob Scotton
出版社／HarperCollins US
難易度：★★

Splat the Cat 是一系列以 Splat 這隻貓為主角創作而成的繪本。在這本 *Back to School, Splat!* 裡，剛開學的 Splat 就收到老師指派的家庭作業。老師要每個孩子回家準備一項物件到班上，並利用這項物件和全班同學分享各自的暑期生活，也就是進行 show-and-tell[3] 活動。Splat 苦惱著要帶什麼去班上分享好呢？牠暑假可是做了不少超級棒的事啊！只能挑選其中一件事來分享，真是讓牠難以抉擇。不過，後來牠發現暑假從事的活動裡，都有一項共通性，這讓牠終於決定要分享什麼啦！猜猜牠帶什麼到班上分享呢？這個故事生動地描繪了手足間的互動與情誼。

---

[3] show-and-tell 是一種課堂活動，讓學生帶一件物品到班上，展示給全班同學看並口頭介紹。

跟著繪本學英文

從這本繪本除了可以認識 show-and-tell 這個課堂活動外，還可學到以下兩句反覆在故事裡出現的句子：

1. Can I come, too?

　我也能來嗎？

2. But she tagged along anyway.

　但她還是跟了過來。

另外，也可學到重複出現在故事中的 not . . . enough to . . . (不夠⋯而不能⋯) 句型，如：

Little sisters' bikes are not fast enough to race.

小妹妹的腳踏車不夠快，不能去比賽。

Little sisters aren't big enough to play soccer.

小妹妹不夠大，不能踢足球。

延伸活動

引導孩子用簡單的英語，說說他的假期生活吧！可以讓孩子挑選一件物品，仿照 show-and-tell 的方式，利用這件物品來描述一件假期中印象最深刻的事情。

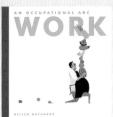

Work: An Occupational ABC

文、圖／Kellen Hatanaka
出版社／Groundwood Books
難易度：★★☆

這本以介紹各種職業為主題的字母書，很不一樣的地方在於作者讓孩子看到更多元的職業類別。例如，對應字母 N 的職業，我們可能第一個想到的是 nurse (護理師)，但作者介紹給孩子的職業卻是 naval architect (造船工程師)。再例如，對應字母 D 的職業，我們第一個連結到的可能是 doctor (醫師)，作者則以 detective (偵探) 來呈現畫面。這本書跳脫傳統職業項目的介紹，帶給孩子更寬廣的生涯思維。其中書裡還提到研究外星人或異形的學者，英文稱為 xenologist，很酷吧！

跟著繪本學英文

從這本繪本可以認識對應二十六個英文字母的二十六種職業類別，其中有不少孩子較不常聽到的職業項目喔！如下：

- explorer　探險家
- horticulturalist　園藝師
- jockey　賽馬騎師
- K-9 officer　警犬警察
- oceanographer　海洋學家
- vibraphonist　鐵琴演奏家

延伸閱讀

海洋學家是很少聽到的職業， Jess Keating 創作的繪本
*Shark Lady: The True Story of How Eugenie Clark Became
the Ocean's Most Fearless Scientist* 講述一個喜歡鯊魚的女孩
如何成為海洋學家的真實故事。文字偏難，適合和年齡較大或接觸英
文時間較長的孩子共讀，相信會讓孩子大開眼界且得到許多啟發。

What Do Grown-ups Do All Day?

文、圖／Virginie Morgand
出版社／Wide Eyed Editions US
難易度：⭐⭐☆

這本繪本可謂職業大百科。作者設定十五個工作場所，每個場所裡
各介紹八種會出現在這一場所中的大人們。這些大人各從事著什麼樣的
事情呢？請帶著孩子進入每個工作場所一探究竟吧！

機器人時代來臨，現今有許多工作恐怕在不久的未來都將被機器人
取代。在和孩子共讀這本書時，可以一邊為孩子介紹書裡提及的眾多職
業，一邊引領孩子思考、討論：「有哪些工作很有可能會被機器人取而
代之？又有哪些工作是機器人怎麼樣也取代不了的？」

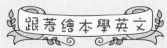

跟著繪本學英文

　　書中介紹百餘種職業名稱，不需要要求孩子一一背誦。讓孩子透過閱讀，自然而然地習得一些語彙吧！這個部分急不得，大人若是著急地想看見孩子的學習成效，而不斷給予孩子填鴨，恐怕孩子要倒盡學習英文的胃口了。爸爸媽媽們，讓我們寬心等待孩子的進步，好嗎？

　　和孩子共讀這本繪本，連大人都能夠有所學習喔！像我自己就從裡頭學到一個有趣的字：midwife。mid- 和 wife 的意思我們都懂，但合成 midwife 這個字竟然跑出新的意思來啦！對照繪本裡頭的插圖和文字說明，你就會知道 midwife 指的是什麼行業囉！

What Do Grown-Ups Do All Day?

文、圖／Dawid Ryski
出版社／Die Gestalten Verlag
難易度：★ ★ ☆

What do Grown Ups do All Day, illustrated by Dawid Ryski, published by Little Gestalten. © Little Gestalten, an imprint of Die Gestalten Verlag GmbH & Co. KG, Berlin 2017

　　這本繪本裡介紹了三十種行業，如：建築師、導演、消防員、時裝設計師等。此繪本在呈現這些職業的工作內容時，打破了性別上的職業刻板印象。比如說，我們看到男性擔任看護，女性擔任太空人、木匠、警察、機長等，欣見女性的生涯規劃與夢想追尋有無限的可能性。

跟著繪本學英文

從這本繪本可以學習以下多種職業名稱：

- astronaut　太空人
- teacher　教師
- architect　建築師
- brewer　啤酒釀造師
- carpenter　木匠
- fitness trainer　健身教練
- doctor　醫生
- pilot　飛行員
- gardener　園丁
- lawyer　律師
- firefighter　消防員
- fashion designer　時裝設計師
- chemist　化學家
- marine biologist　海洋生物學家
- motorcycle workshop owner　機車店老闆
- mechanical engineer　機械工程師

- snowboarder　滑雪運動員
- tattoo artist　刺青藝術家
- film director　電影導演
- chef　主廚
- journalist　記者
- entrepreneur　企業家
- designer　設計師
- police officer　警察
- carer　看護員
- archaeologist　考古學家
- farmer　農夫
- drummer　鼓手
- photographer　攝影師

延伸活動

　　這幾本有關職業的繪本閱讀完後，可以和孩子進行問答練習，問問孩子：What do you want to be when you grow up? (你長大以後想要做什麼工作呢？) 可引導孩子用以下的句型回答：I want to be a 職業名稱. (我想要當一名 ＿＿＿＿＿。)

Part II 實作篇

第三章

【從繪本學習自我表達與人際互動】

本章所介紹的英文繪本能協助孩子認識自己、建構對自我價值的認知與肯定，並引導孩子形塑良好的人際互動關係。

從繪本學習自我
表達與人際互動

在現今這個社會裡，人們經常感受到「表達力」的重要性。事實上，表達能力的培養應是從小開始。擁有足夠的表達能力，才能讓孩子學會保護自己、學習與人相處。這個篇章將介紹許多精彩的英文繪本，讓孩子循序漸進培養英文表達能力。

最基本的自我表達能力培養，從孩子的身心需求出發。身體不舒服、心情不好的種種情況該怎麼描述？惟有先認識並學會表達自己的身心狀況，才能進而學習照顧好自己的身心健康。

學會基本的自我表述後，下一步的表達能力目標就是學習與人應對。而讓孩子學會應對得體的關鍵，就是要讓孩子成為一個有禮貌的人。這包含學習禮貌的用語，更包含要學習尊重別人、體貼別人的態度。學習基本應對後，接下來就可以和孩子談論如何交朋友、如何面對同儕間可能發生的問題等等。

對孩子而言較進階的表達能力目標，就是學會表述自我的期許。透過這層學習，能引導孩子從「表達力」的訓練跨度到「思考力」的培養。學習表達的同時，孩子會開始去想想自己心裡有沒有什麼願望甚至是對未來的期盼，孩子的自我探索過程將隨之展開。(自我探索是一個容易被忽略、容易被拖到太晚才開始的過程。)

透過共讀此篇章所介紹的繪本，孩子會學習用英文表達身體不適、表達情緒、表達禮貌、學習交友、學習反霸凌的觀念、學習描述自我期許。並且，本章最後特別介紹了關於英文慣用語的繪本，讓孩子感受英語文化裡蘊藏的表達智慧與趣味。希望藉著這些繪本的共讀，協助孩子認識自己、建構對自我價值的認知與肯定，並引導孩子形塑良好的人際互動關係。

表達身體不適

When Your Elephant Has the Sniffles

文／Susanna Leonard Hill

圖／Daniel Wiseman

出版社／Little Simon

難易度：☆☆☆

　　這本繪本描述小女孩家的大象生病了，開始有輕微的感冒症狀。小女孩細心照顧生病中的大象，就怕牠會打噴嚏。為什麼小女孩這麼擔心大象打噴嚏呢？因為啊，大象一打噴嚏，病菌迅速散播開來，小女孩也就跟著遭殃，和大象一同躺在病床上啦！

跟著繪本學英文

從這本繪本可以學習描述身體不適的症狀：

1. have the sniffles　感冒鼻塞

When your elephant **has the sniffles**, you must take good care of him.　當你的大象感冒鼻塞時，你一定要好好照顧他。

2. sneeze　打噴嚏

Remember, rest is very important, and you do not want your elephant to start **sneezing**.

記得，休息是很重要的，你不會想要你的大象開始打噴嚏。

延伸閱讀

如果孩子年紀較大或接觸英文時間較長，可與孩子共讀 Audrey Vernick 所創作的繪本 *Bob, Not Bob!: to be read as though you have the worst cold ever*。這本繪本透過一個小男孩得到重感冒的故事，貼切描述感冒過程中可能會產生的各種症狀。由於小男孩鼻塞，喊 Mom 時聽起來像在叫他的狗 Bob！故事妙趣橫生，結局也很溫馨。

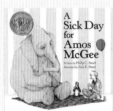

A Sick Day for Amos McGee

文／Philip C. Stead
圖／Erin E. Stead
出版社／Roaring Brook
難易度：★★★

　　故事描述一位動物園管理員 Amos McGee 先生，他對動物非常友善，細心照料著牠們。有一天 Amos 生病了，無法到動物園上班。動物們相約一同去探望他。Amos 平日用心對待這些動物朋友，在他生病時，這些動物朋友也暖心回報，讓 Amos 很快地覺得身體好多了呢！

　　這個故事引領讀者去感受：愛不能藏在心底，要以實際言語和行動表達出來。付出愛的同時，我們將會收穫更多更多的愛！

　　這本繪本的文字和圖畫都處理得十分細膩。文字上將故事中每個角色的個性透過細微的動作表現出來。例如，Amos 每天清早坐同一班公車到動物園上班，下車時都會說："6 a.m. Right on time"（早上六點，正

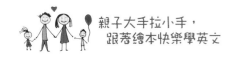
好準時)，可見他面對工作及生活認真嚴謹的態度。又例如小企鵝個性內向，Amos 平常總會 "sit quietly with the penguin" (安靜地和企鵝坐在一起)，而當 Amos 生病時，小企鵝坐在他的腳上，"The penguin sat quietly, keeping Amos' feet warm." (企鵝安靜地坐著，為 Amos 的腳保暖)，可見小企鵝的含蓄與體貼。

而圖畫上，繪者 (也正是作者的太太) 對色彩有巧妙的運用。她以黑白線條來勾勒這位一絲不苟的動物園管理員，以溫暖的彩色描繪體貼的動物們。文與圖的匠心獨具，讓這本繪本猶如帶著文藝氣息的一部動畫短片。

跟著繪本學英文

從這本繪本可以學習表達身體不適的症狀，如：

The rhinoceros always **had a runny nose**.

這隻犀牛總是一直流鼻涕。

One day Amos awoke with the **sniffles**, and the **sneezes**, and the **chills**.

有一天，Amos 一醒來就鼻塞、打噴嚏、發冷。

身體慢慢康復時，可以學故事裡的 Amos 這麼說：

I'm beginning to feel much better.

我開始覺得好多了。

The Zoo Is Closed Today!

文／Evelyn Beilenson

圖／Anne Kennedy

出版社／Peter Pauper Press

難易度：★★★

The Zoo Is Closed Today © 2014, by Peter Pauper Press. Cover image used with permission.

這個故事描述一對兄妹本想去逛動物園，結果發現今天動物園關閉！原來啊，動物們身體都微恙呢！有的耳朵痛，有的曬傷了，有的得了流感。還好動物們很快地恢復了健康，只是這對兄妹最後也生病了，換成貼心的動物朋友一起來探望他們哦！

這本繪本的文字以韻文形式呈現，很容易朗朗上口，能夠幫助孩子增加英語的語感。

跟著繪本學英文

從這本繪本可以學習如何表達身體不適，如：

Edward the elephant has a cold in his nose.

大象 Edward 感冒流鼻涕。

Freddy the fox got burnt in the sun.

狐狸 Freddy 被太陽曬傷。

Helen the hippo has cramps in her tummy.

河馬 Helen 肚子非常痛。

One of Larry the lion's teeth had been pulled, and his mouth is still sore.

獅子 Larry 的一顆牙齒已經被拔掉了，他的嘴巴還很痛。

延伸活動

　　共讀完這幾本繪本後，孩子已經認識許多表達身體不適的英文用語，此時可以帶孩子玩 **"Act It Out"** 的遊戲來加深學習效果。

　　先準備一些紙卡，帶著孩子一起將在繪本中看到的關於生病症狀的英文用語分別寫在不同紙卡上；再讓孩子隨機抽紙卡，將看到的症狀表演出來，讓家長猜猜孩子看到的英文用語是什麼；進行數次後，雙方互換角色，由家長抽卡後演出症狀，孩子來猜英文用語。這個遊戲能讓孩子在歡樂的親子互動之中複習學到的表達用語，自然而然加深記憶。

① Today I Feel . . .

文、圖／Madalena Moniz
出版社／Harry N. Abrams
難易度：☆

　　這本繪本藉由 ABC 字母書的形式來呈現情緒的各種面向，插畫溫柔、美麗，版面的構成亦別具巧思。非常值得一提的是，作者並未專挑所謂正向情緒來介紹，而是讓我們內心在不同時刻可能會產生的各種情緒都有發聲的機會，非常適合透過這本書來和孩子討論哪些時候會有什麼樣的情緒出現?並且要讓孩子知道各種情緒的浮現都有其背後生成的原因。情緒來時，不要去評斷情緒的好壞，好好照顧自己的情緒，讓心情慢慢地再度歸於平和。

跟著繪本學英文

　　從這本繪本可以學到二十六個描述情緒的形容詞，如：

* adored　被愛的
* grumpy　暴躁的
* excited　興奮的
* jealous　嫉妒的
* nervous　緊張的
* quiet　平靜的
* relaxed　放鬆的

延伸活動

在透過美麗的插圖學習許多情緒相關單字之後，可以讓孩子發揮想像力，用自己的方式畫出這些情緒。準備幾張白紙，讓孩子從繪本中選出幾個想畫的單字，分別寫在白紙底部，然後在單字上方畫圖來表示這個單字所指的情緒。當孩子在思考要畫什麼、該怎麼畫來表現單字的涵義時，自然對這個單字產生更深刻的印象！

② Happy Hippo, Angry Duck: A Book of Moods

文、圖／Sandra Boynton
出版社／Little Simon
難易度：✿

這本繪本內容淺易，很適合帶學齡前的小小孩閱讀，並從中學習認識自己和他人的各種感受與情緒。繪本結尾，作者告訴孩子們："And a difficult mood is not here to stay. Everyone's moods will change day to day.",意思是說如果遇上難受的情緒別太在意，這些情緒總是會過去的，不要讓自己一直糾結在負面情緒裡喔！

跟著繪本學英文

見到朋友，要向朋友打招呼時，可以說：

How are you today?　你今天過得好嗎？

此外，以下幾個表達感受的形容詞，都可以在這本繪本中學到喔：

- happy　快樂的
- angry　生氣的
- sad　難過的
- grumpy　暴躁的
- confused　困惑的

- excited　興奮的
- worried　擔心的
- contented　滿足的
- amused　被逗樂的
- frazzled　疲累煩躁的

延伸活動

　　表達情緒的形容詞也十分適合透過 "Act It Out" 的遊戲來複習。遊戲進行方式請參閱前一單元中 *The Zoo Is Closed Today!* 的延伸活動。這是一個邊玩邊學的活動，而非學完單字後用來驗收學習成效的測驗。因此，不論是看孩子表演時，或是家長自己演給孩子猜時，都要記得放鬆心情，享受親子互動與同樂的時光，這樣孩子也才能夠感受到親子共讀、共學英文的美好喲！

I Hate Everyone

文／Naomi Danis
圖／Cinta Arribas
出版社／Powerhouse Books
難易度：★ ★ ★

　　這本繪本描繪出小孩有時候心裡會產生一股「看誰都討厭，離我遠一點！」的情緒。但即使心中充滿討厭，還是好希望被愛，還是想要重新與人連結啊！其實這種情緒，大人小孩都會有的，不是嗎？小孩的情

緒，需要大人多一些的尊重、了解與接納。別一味鼓勵孩子要正向思
考，我們大人也很難做到時時刻刻正向思考啊！

 跟著繪本學英文

從這本繪本可以學習以 I hate....(我討厭…) 的句型來表達內心的
不喜歡，如下：

I hate when the lights go out.

我討厭燈暗掉的時候。

I hate when I am afraid.

我討厭我害怕的時候。

允許孩子能夠在溫暖安心的氛圍中，自由地把心中的討厭說出口。
當有機會適度宣洩情緒，並得到他人的同理與包容，那些不愉快的情緒
更容易過去，不是嗎？

延伸閱讀

隨著孩子逐漸成長，會開始經歷人生中各樣的情緒。這時，
身為父母的我們最需要給予孩子的，就是精神上的後盾，讓孩子
感受到無論面對什麼困難、什麼低潮，父母的愛永遠支持著他們。
Audrey Penn 所創作的繪本 *The Kissing Hand*，講述一隻浣熊媽媽如何
安撫浣熊寶寶焦慮不安的情緒，幫助他勇敢面對未來。這個故事感動了
不同世代無數大小讀者，在全球銷售超過六百萬本。

Bear Says "Thank You"
Hippo Says "Excuse Me"
Mouse Says "Sorry"
Penguin Says "Please"

文／Michael Dahl
圖／Oriol Vidal
出版社／Picture Window Books
難易度：☆

　　這幾本繪本都非常淺易，適合與小小孩共讀，從中學習禮貌用語喔！什麼時候該說 Thank you (謝謝)？什麼時候該說 Please (請)？Excuse me (不好意思) 和 Sorry (對不起) 在用法上又有什麼樣的差別呢？與孩子閱讀完這幾本繪本後，帶著孩子在真實生活情境中實踐禮貌運動吧！

跟著繪本學英文

從這系列的繪本中可以學習簡易問候語和禮貌用語，如：

Good morning.　早安。

How are you?　你好嗎？

Thank you.　謝謝。

Welcome. 不客氣。

Sorry! 對不起！

Please, may I have something to eat / drink?

請問我可以吃／喝一點東西嗎？

Please, can you help me find my socks?

請問你可以幫我找我的襪子嗎？

Excuse me. May I get on the elevator?

不好意思，我可以搭電梯嗎？

Please Mr Panda

文、圖／Steve Antony

出版社／Hodder Children's Books

難易度：✿

　　這個故事描述熊貓先生拿著一盒有著不同口味的甜甜圈，到處問其他動物：「要吃甜甜圈嗎？」小企鵝、臭鼬和鯨魚都表示想要吃甜甜圈，結果都遭到熊貓先生無情地回絕，最後只有狐猴得到了所有的甜甜圈。這到底是為什麼呢？是熊貓先生偏愛狐猴嗎？還是另有原因呢？

　　作者 Steve Antony 非常擅於說故事，用一個這麼可愛有趣的故事作為包裝，實際上想和孩子談的是「禮貌」這件事喔！

以下句子不斷重複出現在故事中，孩子頗能在聽故事的過程中輕鬆習得：

Would you like a doughnut?

你想要吃甜甜圈嗎？

No, you cannot have a doughnut. I have changed my mind.

不，你不能吃甜甜圈。我已經改變心意了。

讀到 "I have changed my mind." 時，不用特別向孩子說明這是現在完成式。親子共讀時，爸爸媽媽不需要放入太多的文法說明和中文翻譯。讓孩子在故事所提供的真實語境中，自然習得對英語的語感吧！

 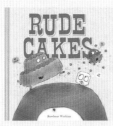

Rude Cakes

文、圖／Rowboat Watkins

出版社／Chronicle Books

難易度：★★

這個故事描述沒禮貌的蛋糕，既不會說「請」、「謝謝」和「對不起」，又愛亂插隊和搶取別人的玩具。有一天，沒禮貌的蛋糕被龐大的獨眼怪給誤當成小帽子戴走了。看似可怕的獨眼怪，其實各個文質彬彬，願意傾聽也樂於讚美別人。當沒禮貌的蛋糕遇上有禮貌的獨眼怪，會發生什麼樣令人意想不到的事情呢？

從這本繪本可以學習用英文表達禮貌，如：

1. 表達謝意：Thanks. / Thank you.　謝謝你。

2. 表達請求：Please!　拜託！

Can I please borrow your hat sometime?

請問我可以什麼時候跟你借一下帽子嗎？

3. 表達歉意：Sorry. / I'm sorry.　對不起。

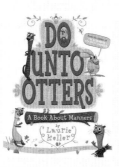

Do Unto Otters: A Book About Manners

文、圖／Laurie Keller

出版社／Square Fish

難易度：★★★★☆

這個故事描述兔子先生有了新鄰居，是水獺一家人。兔子先生開始煩惱了，他擔心如果和水獺一家人相處不好，怎麼辦？充滿智慧的貓頭鷹給兔子先生建議：「你希望水獺一家人怎麼待你，你就那樣去對待他們吧！」兔子先生於是開始他一連串認真的思考。

作者選擇水獺這種動物來扮演故事中新鄰居的角色，其實別有深意。「水獺」的英文複數 otters 與「別人」的英文 others 拼字相近。當兔子思考著應該如何對待 otters，作者希望讓孩子明白的其實是我們該如何對待 others。

和孩子共讀完這個故事後，可以帶孩子一起看看封底上蘇格拉底的名言："Do not do to others that which would anger you if others did it to you." (別人對你做什麼事會惹惱你，你就不要對別人那樣做。) 這也正是孔子所說的「己所不欲，勿施於人」，可見東西方哲人所見略同。讓我們透過這個故事傳達人與人相處的分際與禮節給孩子們吧！

跟著繪本學英文

從這本繪本可以學習如何友善待人的相關英文，如：

Be friendly.　要友好。

Be polite.　要有禮貌。

We should know when to say "Thank you."

我們應該要知道何時說「謝謝」。

We should know when to say "Excuse me."

我們應該要知道何時說「不好意思」。

Be honest.　要誠實。

Be considerate.　要體貼。

Be kind.　要和善。

We should learn to cooperate.　我們應該學習合作。

We should know how to play fair.　我們應該要知道如何遵守規則。

Share things with each other.　要彼此分享。

Don't tease anyone about anything.　不可取笑任何人的任何事。

We should apologize when we do something wrong.

當我們做錯事，應該要道歉。

Be forgiving.　要寬宏大量。

交朋友

Along Came a Different

文、圖／Tom McLaughlin

出版社／Bloomsbury Children's Books UK

難易度：🌼

　　故事裡的紅、黃、藍相互看對方不順眼，他們各自覺得自己才是最棒的。然而，有一天，接連來了不同的顏色。這些顏色改變了紅、黃、藍彼此的關係。他們發現，即便彼此如此的不同，也不會影響友誼的建立與持續。

　　這本繪本以多種顏色來呈現人與人之間存在的差異。根據心理發展學家皮亞傑 (Piaget) 所提出的認知發展理論，孩子在七歲以前的認知發展階段屬於「前運思期」，此階段的思考方式以自我為中心；而七歲之後進入「具體運思期」，此時孩子需要開始學習用不同角度去看待事物，改變原本以自我為中心的思考傾向。因此，對於學齡的孩子而言，學習欣賞「差異」、試著換個角度看待事物是這個階段非常重要的課題。

　　差異不該是造成分歧、糾紛、衝突的導火線；正是因為人彼此間有這麼多的差異性，這個世界才能展現多元精采的樣貌啊！尊重、接納、欣賞差異，是身為世界公民當具備的素養。

從這本繪本可以學習 Being . . . is / was the best thing ever. (身為…
是最棒的事。) 的句型，如：

Being a Red was the best thing ever.

身為紅色是最棒的事。

Being a Yellow was the best thing ever.

身為黃色是最棒的事。

Being a Blue was the best thing ever.

身為藍色是最棒的事。

Being different is the best thing ever.

不一樣是最棒的事。

延伸閱讀

孩子和同儕相處時，容易因為還不懂得欣賞、接納彼此的差
異而產生衝突。Kelly DiPuccho 與約旦王后 Rania Al Abdullah
合著的繪本 *The Sandwich Swap* 講述兩個小女孩因為彼此吃
的三明治不一樣而吵架的故事。這個成長勵志故事描寫得真實而生動，
結局有趣且感人。非常推薦與正值學齡的孩子共讀，將會引起孩子的
共鳴並給予啟發。

② Be a Friend

文、圖／Salina Yoon
出版社／Bloomsbury USA
難易度：⭐⭐

　　這是一本關於「獨特性」、「想像力」、和「美好友誼」的暖心繪本。故事裡的小男孩喜歡演啞劇 (mime)，他沉浸在啞劇世界中自得其樂，但偶爾還是會因為沒有同伴而感到孤單。直到後來他遇見一位與他心靈頻率相近的女孩。他們在一起時的歡笑聲，彷彿有著強大的感染力，吸引好多朋友加入他們的創意遊戲中！

　　這個故事讓我們看見友誼的美好。只要敞開心胸、不自我封閉，並主動釋出善意與關心，我們都有機會與心靈契合的朋友相遇。

跟著繪本學英文

　　故事中有段文字這麼寫著：Dennis and Joy didn't speak a WORD, because FRIENDS don't have to. But they laughed out loud with JAZZ HANDS for all the world to SEE! (Dennis 和 Joy 之間什麼話也不說，因為朋友之間不一定要說話。但是他們放聲大笑並手舞足蹈，讓周遭的人都看到！) 這段話描述好朋友之間的默契。即便不說話，也能懂得彼此。而好友之間美好互動帶出具有強大渲染力的歡笑聲，吸引了更多朋友的加入，這真是美麗又可貴的正向人際互動模式啊！

　　◆ jazz hands 是一種舞蹈表演動作，雙手手掌朝前，五指分開 (如左圖)，然後將雙手快速地左右搖擺。

Big Friends

文／Linda Sarah
圖／Benji Davies
出版社／Henry Holt & Co
難易度：☆☆☆

　　這個故事描述兩個小男孩 Birt 和 Etho，他們時常一起玩紙箱。後來來了個新朋友 Shu。Etho 和 Shu 互動融洽，造成 Birt 心裡不是滋味，開始刻意疏遠 Etho。直到有一天，Shu 和 Etho 帶給 Birt 一樣驚喜，讓 Birt 終於敞開心房。從此兩人友誼模式，變成了三人友誼節奏。

　　有時候，孩子們會因為想要獨占要好的朋友，而不願新朋友加入。這個故事讓孩子得以有機會領略：不用擔心新朋友的加入將會破壞與原本好朋友的感情。放開胸懷，接納更多的朋友進來。也許隨著新朋友的到來，能夠激發出更多意想不到的美好火花呢！

跟著繪本學英文

　　故事裡 Shu 出場時，文字是這麼描述的： This tiny boy's called Shu. He's watched Birt and Etho every day and finally found a big enough box and courage to ask if he can play, too. (這個個子小的男孩名叫 Shu 。他每天都在觀察 Birt 和 Etho，終於有天他找到一個夠大的紙箱並鼓起勇氣問他可不可以也一起玩。) 爸爸媽媽可以藉這段文字鼓勵小朋友：「不要只是被動地等著別的小朋友來跟你玩。如果你想要加入其他小朋友的遊戲行列，就鼓起勇氣，有禮貌地主動開口詢問吧！即使被拒絕也不必難過，還可以再去找不同的小朋友做朋友呀！」

反霸凌

① Jungle Bullies

文／Steven Kroll
圖／Vincent Nguyen
出版社／Two Lions
難易度：★★☆

　　這本繪本設定的場景在叢林裡，是關於以大欺小的故事。河馬在池塘裡泡澡，豈料大象竟仗著自己龐大的身軀，把河馬給趕走。被趕走的河馬竟也以強欺弱，趕走身型比牠小的動物。就這樣在叢林裡發生一連串塊頭大的動物欺負個子小的動物的霸凌事件。且看故事最後小猴子的媽媽教小猴子如何面對？

跟著繪本學英文

　　「霸凌」的英文怎麼說呢？正是 bully。bully 當名詞用時，是指霸凌者，也就是會欺負弱小的人，書名 *Jungle Bullies* 就是指這一群叢林裡的霸凌者。bully 當動詞用時，就是霸凌、欺負弱小的意思。

　　當小猴子面對霸凌時，猴子媽媽教他說："Don't you tell me what to do, this spot's big enough for two. Share it with me as a friend, don't be mean to me again."（別告訴我要怎麼做，這個地方對我們兩個來說夠大。請像朋友一樣，讓我和你共用這塊地方，別再對我這麼刻薄。）同樣的

話在故事中反覆出現,每次共讀到這段話時都可以帶著孩子一起大聲唸出來。

故事最後是卡通式的歡樂結局,所有動物齊聲說道:"Big or little, large or small, this pond's big enough for all. Bullies aren't ever fair, it's a lot more fun to share!" (不論身型大小,這個池塘對我們來說足夠大。霸凌是不對的,分享其實有趣得多!) 這段話是要告訴小讀者以大欺小是不正確的,相互分享才開心。書中文字帶著節奏感,閱讀時不妨試試看有節奏地唸出文字,會增加親子共讀的樂趣喔!

Noni Speaks Up

文／Heather Hartt-Sussman
圖／Geneviève Côté
出版社／McClelland & Stewart Ltd
難易度:★★☆

故事裡的主人翁 Noni,是個會讓座給長輩、會幫孕婦開門的熱心行善小女孩。但,當她在學校看到一個名叫 Hector 的男孩被其他孩子欺負時,她卻因為擔心會跟著遭到排擠,而不敢出面制止這群小孩的霸凌行為。這是一本可以和孩子談談勇氣、正義和反霸凌的好繪本。

霸凌事件中通常存在三種角色:霸凌者、被霸凌者及旁觀者。在探討反霸凌議題時,我們並不一定需要讓孩子知道這三個專有名詞,但可以讓孩子試著了解這三種角色可能的心態,培養同理心及正確的態度。我們可藉由 *Jungle Bullies* 讓孩子了解霸凌者及被霸凌者可能的心態 ;而藉由 *Noni Speaks Up*,我們可引導孩子思考旁觀者的處境。旁觀者如 Noni,容易在正義感與恐懼之中掙扎。需要提醒孩子在學校面臨霸凌事

件時，不論是被霸凌者或旁觀者，都不可默然接受，應立刻告知師長及
父母，尋求大人的幫助。

跟著繪本學英文

當 Noni 看到 Hector 被欺負時，故事中以以下三句話來描述 Noni
的反應："Noni freezes. She does not budge. She cannot get out a single
word." (Noni 愣住了，無法移動身體，且一句話也說不出來。) 可以帶
孩子學習運用這三句話來表達生活中遇到類似情境時的身心反應。

But, today, when she sees the kids bullying Hector at school, Noni freezes. She does not budge. She cannot get out a single word.

Noni would love to step in when the kids make fun of his name.
And his size.
And his giant glasses.
But Noni is so afraid of making enemies that she just stands there. Speechless.

◆ 這張圖從 Noni 的旁觀者視角觀看 Hector 被霸凌的情景。從同學們的動作可
看出他們正嘲笑著 Hector 的體型和他的眼鏡。插圖旁邊的文字貼切地描述
此時 Noni 的處境："... Noni is so afraid of making enemies that she just
stands there. Speechless." (……Noni 害怕與人為敵，所以她就站在那兒。
什麼也沒說。)

Noni 後來受夠了其他小孩對 Hector 的嘲弄與欺壓，終於勇敢表態，
為 Hector 出聲："This is just wrong! What did Hector ever do to you?" (這
是不對的！Hector 到底是哪裡惹到你們了？) 共讀時可以讓孩子想像
Noni 的口吻，以勇敢、堅定的語氣唸出這段話。

3 Willy the Wimp

文、圖／Anthony Browne
出版社／Walker Books
難易度：✿ ✿ ✿

　　繪本創作家 Anthony Browne 筆下的 Willy 令人欣賞。因為不想再是惡霸欺負的對象，他努力鍛鍊身體，終於練就好體魄。充滿自信的他，擺脫了被霸凌的困境，也解救了朋友。

　　我很欣賞 Willy，不僅欣賞他企圖改變現況的積極執行力，更欣賞他的善良。自我改造後的 Willy 還是不改善良本質。故事結尾 Willy 撞到柱子那一剎那的反應真是太可愛啦！

跟著繪本學英文

　　繪本書名 *Willy the Wimp* 中的 wimp 是指懦弱、沒有自信的人。另外，繪本中的 "He learned how to box." 這個句子裡的 box 不是「盒子」的意思哦！在這裡，box 當動詞使用，意思為「打拳擊」。

4 Willow Finds a Way

文／Lana Button
圖／Tania Howells
出版社／Kids Can Press
難易度：✿ ✿ ✿ ✿

　　這個故事是描述 Willow 班上有個同學名叫 Kristabelle，喜歡對大家發號施令。如果有人膽敢不聽她的話，她就威脅要將那個人從自己的

生日派對邀請名單上刪除。Willow 實在看不慣 Kristabelle 的跋扈，她和其他同學於是接連將自己的名字從名單上劃掉。Kristabelle 會有所反省嗎？同學們會願意重新接納她嗎？

　　這個故事帶領孩子換位思考：如果你是 Willow，對於 Kristabelle 的跋扈，你會做出什麼樣的反應？如果你是 Kristabelle，當同學不再想要受你指使，你的感受會如何？該如何與人相處，才會為自己贏得真正甜美的友情？

跟著繪本學英文

　　故事中，Willow 看到 Kristabelle 對待其他同學那麼不友善，她好想對 Kristabelle 說：That's mean! (這樣太惡劣了！) 或是 That's not nice. (這樣很不友善。) 可是話總是哽在喉嚨，難以勇敢說出口。家長可與孩子討論，當在班上看見有小霸王在欺負其他同學時，可以怎麼處理為宜？

延伸閱讀

　　孩子在學校可能遭遇到的人際問題中，除了霸凌問題，亦常見「邊緣人」問題。Trudy Ludwig 所創作的繪本 *The Invisible Boy* 就提到 "... which is worse—being laughed at or feeling invisible." (……哪個比較糟——被嘲笑抑或是被當成空氣。)

　　The Invisible Boy 同時探討學校霸凌和「邊緣人」問題，並寫實地描繪一個邊緣的孩子如何交到朋友的故事。這本繪本的色彩運用巧妙，隨著孩子漸漸脫離邊緣的處境，他在故事中的形象也從原先的黑白轉為彩色。

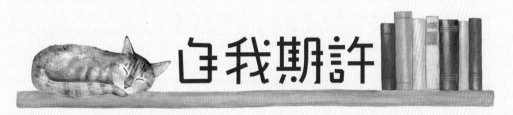

I Can Be Anything! Don't Tell Me I Can't

文、圖／Diane Dillon
出版社／Blue Sky Press
難易度：★★★

　　這本繪本描述一個小孩對未來有著許多抱負與憧憬，但她心中不斷會有個小聲音冒出來打擊她的信心和士氣。然而小孩對其自我能力的肯定，並沒有因心頭負面聲音的打壓而潰散。她堅信，只要自己不斷努力從閱讀中學習，她會越來越有能力，她的未來將有無限的可能性！

　　作者以非常有力道的文字給小讀者正能量的補給，也告訴小讀者廣泛多元主題閱讀的重要性。是的，閱讀習慣的建立和閱讀理解力的提升，將賦予孩子自我建構多元知識體系的能力。想培養某一領域的專業度及跨領域的連結力，都需要持續且深入的閱讀來累積。

跟著繪本學英文

從這本繪本可以學習以 I can be.... (我可以成為…) 和 I'll be.... (我會成為…) 的句型來表達未來想做的事情，如下：

I can be an archeologist.

我可以成為一位考古學家。

I can even be an ornithologist who studies birds.

我甚至可以成為一位研究鳥類的鳥類學家。

I'll be a scientist and discover things.

我會成為一位科學家，發現新事物。

I'll be a veterinarian and help wild animals like tigers and bears and dragons.

我會成為一位獸醫，幫助野生動物，像是老虎、熊、還有龍。

This School Year Will Be the BEST!

文／Kay Winters
圖／Renée Andriani
出版社／Penguin Group USA
難易度：⭐⭐

　　這本繪本描述新學年的第一天，老師要班上孩子輪流分享："What do you hope will happen this year?"(你希望今年發生什麼事情？) 每個孩子都對新的學年有著期盼和嚮往呢!這本書的插圖傳達出不少文字沒有明說的趣味喔！

跟著繪本學英文

　　從這本繪本可以學習使用 This year I hope I will....(今年我希望我會…) 的句型表達對未來的期待，如下：

This year I hope I will remember my homework.

今年我希望我會記得回家作業。

This year I hope I will kick the ball into the right goal.

今年我希望我會把球踢進對的球門。

This year I hope we'll take a field trip to someplace really cool.

今年我希望我們會到很酷的地方戶外教學。

This year I hope I won't be a vegetable in our school play.

今年我希望我不會在學校的戲劇表演中演蔬菜。

延伸活動

和孩子共讀完這本書後，也讓孩子說說他們期待新學年發生什麼樣的好事吧！

When I Am Big

文、圖／Maria Dek

出版社／Princeton Architectural Press

難易度：★ ★ ☆

這本繪本站在一個小孩的角度來想像長大這件事。作者列了二十五件小孩想像長大後要做的事情，每件事情的陳述都依序帶入數字 1 到 25，所以可以拿這本繪本讓孩子熟稔英文 1～25 這些數字的說法喔！

孩子對未來的想像天真可愛，又具有豐沛的創意。猜猜書中這個孩子想像長大後要做的第二十五件事情會是什麼？保證令你莞爾一笑！

跟著繪本學英文

從這本繪本可以學習以 When I am big, I am going to / will. . . . (長大後，我將會…) 這個句型來表達對未來的想望，如下：

When I am big, I am going to be really big, like 1 big giant!

長大後，我將會變得很高大，像一個大巨人。

When I am big, I will ride a bicycle that has 2 horns.

長大後，我將會騎一輛有兩支喇叭的腳踏車。

When I am big, I will tie my shoes all by myself, and I will make 3 knots with big bows.

長大後，我將會自己綁鞋帶，而且我會打三個大蝴蝶結。

The Magician's Hat

文／Malcolm Mitchell
圖／Joanne Lew-Vriethoff
出版社／Scholastic
難易度：★★★

這本繪本描述一位魔術師來到圖書館，他的魔術帽裡總可以變出和孩子們內心夢想相應的書籍。想當牙醫的女孩從魔術帽裡摸出有關牙齒的書，而想成為橄欖球球員的男孩得到關於橄欖球的書。小男孩 Ryan 覺得這一定是家長和魔術師串通好的。他會說出什麼樣的夢想來證明魔術的真假呢？

　　作者 Malcolm Mitchell 是一名職業美式足球球員。他致力於在美國各學校向孩子、老師及家長推廣閱讀。他曾說："A library is a very magical place to me. It's home to all books. And I truly believe that books can change the world." (圖書館對我來說是一個非常奇妙的地方。它是所有書的家。而我由衷地相信書能改變世界。) 懷著這樣的信念，Mitchell 創作了這本 *The Magician's Hat*。邀請您帶孩子一同來看看這個結合「閱讀」、「夢想」和「魔術」等元素的故事吧！

"There were hundreds of books.
Books about dogs.
Books about planes.
Books about the sun, flowers, rain, cities, and circus dancers.

Out of the hundreds of books, one special book jumped out at me. It was a book about MAGIC!"

◆ 魔術師正說著自己小時候在圖書館發生的故事："Out of the hundreds of books, one special book jumped out at me. It was a book about MAGIC!" (在數百本書當中，有一本特別的書一下子就吸引到我的注意。那是一本關於魔術的書！) 文中的 "jump out at" 意思是指讓人一下子注意到。從圖中可以看見，小時候的魔術師正站在書架前，而架上許多的書都只是模糊地被籠罩在淡藍色之中，唯獨那一本魔術書帶著鮮明的色彩躍然紙上，將 "one special book jumped out at me" 生動描繪出來。

跟著繪本學英文

從這本繪本可以學習以 I want to be.... (我想要當…) 這個句型來表達未來想從事的工作，如下：

問：What do you want to be when you grow up?

你長大後想要做什麼？

答：I want to be a dentist.

我想要當一名牙醫。

I want to be a famous football player.

我想要當一名有名的橄欖球員。

另外，讓我們用故事中的下面這句話來勉勵孩子勇於追求夢想吧：

Follow your dreams and they will take you wherever you want to go.

追隨你的夢想，它們會帶你去任何你想去的地方。

I Eye to Eye: A Book of Body Part Idioms and Silly Pictures

文、圖／Vanita Oelschlager
出版社／Vanita Books
難易度：⭐⭐⭐

　　這本繪本介紹與身體部位有關的一些英文慣用語 (idioms)，搭配逗趣的插圖，更添幽默。書中所介紹的慣用語都有清晰易懂的解說，並附上實用例句。一看例句，對於這些慣用語的使用時機，馬上就有非常清楚地掌握了。

　　英文慣用語最有趣的地方，是字面的意思常具有誇張的畫面感，而實際上代表的意義與字面含意截然不同，卻又像是那個誇張的畫面最貼切的註解。與孩子共讀時，可以讓孩子先看看好玩的插圖，再猜猜看這張圖所表示的慣用語會是什麼意思。孩子的想像可能天馬行空，大人可以透過提問，逐步引導孩子推想慣用語可能的意涵，最後再揭曉謎底。這將會是饒富趣味的閱讀活動喔！

跟著繪本學英文

從這本繪本可以學習與身體部位有關的慣用語，如：

all ears　洗耳恭聽

button your lips　閉上嘴巴

cat got your tongue　怎麼不說話？

bury your head in the sand　逃避現實

bite the hand that feeds you　忘恩負義

延伸閱讀

Vanita Oelschlager 創作了一系列以英文慣用語為主題的繪本，本單元介紹的 *Eye to Eye* 是此系列作品之一。而此系列的第一本作品是 *Birds of a Feather: A Book of Idioms and Silly Pictures*，主要介紹動物相關的慣用語；第二本是 *Life is a Bowl Full of Cherries*，介紹食物相關的慣用語；第三本為 *Out of the Blue: A Book of Color Idioms and Silly Pictures*，介紹顏色相關的慣用語。

There's a Frog in My Throat!: 440 Animal Sayings a Little Bird Told Me

文／Loreen Leedy
圖／Pat Street
出版社／Holiday House
難易度：★★★★☆

　　這本繪本搜集了四百四十個英文裡有關動物的慣用語，內容非常豐富。家長在帶孩子認識這些英文慣用語時，可以先讓孩子從字面意思去猜猜某個慣用語可能是什麼意思，然後再帶孩子認識其真正的涵義與用法。最好能夠帶著孩子使用所學到的慣用語，一起試著造一兩個句子看看，以加深孩子對某一慣用語用法掌握的準確度。一次不用學太多，每天學習三到五個慣用語就可以了，積少成多哦！

跟著繪本學英文

可從這本繪本裡學到諸多與動物相關的英文慣用語，如：

dog-eared page (folded page corner)　有折角的書頁

copycat (someone who imitates others)　愛模仿別人的人

Don't let the cat out of the bag. (Don't tell the secret.)

別說出祕密。

I'm living in a goldfish bowl. (I have no privacy.)

我沒有隱私。

There's a frog in my throat. (My throat is hoarse.)

我的喉嚨沙啞。

I have butterflies in my stomach. (I feel nervous.)

我很緊張。

She's a litterbug. (She throws trash on the ground.)

她是個會隨地亂丟垃圾的人。

Raining Cats & Dogs: A Collection of Irresistible Idioms and Illustrations to Tickle the Funny Bones of Young People

文、圖／Will Moses

出版社／Penguin Group USA

難易度：☆☆☆☆☆

　　這本繪本同樣是英文常見慣用語的介紹，搭配圖像來認識、學習慣用語，印象會更為深刻。畢竟我們人類大腦對圖像比對文字的感受性更為濃厚啊！

　　書中除了為英文常用慣用語提供淺顯易懂的解釋外，每個慣用語各提供了一個例句，讓讀者更容易掌握這些慣用語的使用時機。不過作者給的例句有些兒難度，家長或老師不妨將其例句稍加簡化或改寫之後，再與孩子分享哦！

從這本繪本可學到英文常用慣用語，如：

spill the beans　洩漏祕密

can of worms　棘手的問題

my cup of tea　我喜歡的類型

skeletons in the closet　被隱瞞的醜事

make a big splash　一炮而紅，造成轟動

cold feet　突然退縮，裹足不前

延伸活動

　　可以和孩子一起想想，中文裡頭是否也有不少經常使用的慣用語或諺語呢？

Part II 實作篇
第四章【從繪本享受閱讀快樂】

這個篇章介紹有趣的親子共讀方式與祕訣，並介紹了多本令人讀了莞爾一笑，甚或哈哈大笑的幽默繪本。在加深英語理解力與活用力的同時，讓孩子享受和爸爸媽媽一起閱讀故事的輕鬆與歡樂！

- 讀者劇場
- 書名偵探
- 親子對話
- 顛覆童話

- 互動式繪本
- 幽默懸疑
- 黑色喜劇

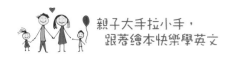
從繪本
享受閱讀快樂

　　實作篇的前三章介紹的是如何透過繪本讓孩子接觸英文、活用英文、表達自我。而這一章，我特別想和爸爸媽媽分享的是，如何和孩子一起「快樂」的共讀英文繪本。

　　不論是對於孩子身心的健康發展，還是孩子長遠的學習效果，「快樂」一直是最重要的事。能夠擁有「快樂」的親子時光，對孩子來說就是幸福。而能夠擁有「快樂」的親子共讀、共學時光，我認為是對孩子特別美麗的祝福。

　　在這個大談競爭力的時代，我們難免望子成龍、望女成鳳。我們可能總想著如何讓孩子變得更優秀，如何讓他們小小年紀就學好英文，並學會各種才藝、培養各種能力。也許我們自以為沒有疾言厲色地要求孩子，也許我們自詡為開明的父母，但不知不覺間，我們可能已帶給孩子無形的、龐大的壓力。當學習不快樂，當閱讀成為壓力，「親子共讀英文」只會成為「英文家教課」，反而可能讓孩子不喜歡英文、不喜歡閱讀，更糟的是，不喜歡這段親子時光，這相當於直接造成親子間的關係緊張。

所以，「快樂」是親子共讀英文繪本時不可或缺的元素。在這個篇章中，我將分享幾個好玩的共讀方法與概念，包含讀者劇場、書名偵探和親子對話；我也會介紹一些令人讀了莞爾一笑，甚或哈哈大笑的幽默繪本。這些繪本有的顛覆傳統的童話故事；有的書中角色會直接和讀者互動；有的是懸疑緊張的幽默故事；有的是笑完之後值得細細回味的黑色喜劇。

且讓我們牽起孩子的手，藉由這些幽默繪本不可思議的魔力，帶孩子輕鬆進入英語閱讀的世界中吧！

Reader's Theater (讀者劇場) 在英語教學領域中被視為一項閱讀教學策略。這項策略是指讓學習者在閱讀的時候模擬書中角色的語氣，將文本大聲唸出來，並配上角色可能會有的表情和簡單的肢體動作，如同在演戲一般。

由於學習者在讀者劇場的活動中會完全投入在故事情境中，專注地扮演書中角色，因此在語言學習成效上會有下列幾項優點：

1. 自然習得實用的、口語的英文。

2. 培養口語的流利程度。

3. 增進閱讀理解能力。

4. 降低語言學習焦慮，增加學習自信。

而將讀者劇場應用到繪本的親子共讀，不但可以達到上述的優點，更重要的是，會帶來許多閱讀的樂趣。

親子共讀繪本時，需要先靠大人一飾多角，模擬書中角色不同的聲調和語氣，配上誇張的表情甚至手勢，將故事以讀者劇場的方式唸給孩子聽。接著，可以再讓孩子挑選書中的一個角色，大人則演其他角色，一起將故事唸出來。對於英文程度較好的孩子，最後可以讓他自己一飾多角，像個配音員一樣來唸故事。

適合以讀者劇場方式共讀的繪本，書中文字需要包含口語的對話或獨白。此單元將介紹幾本特別適合讀者劇場的繪本，能讓親子在邊唸邊演的過程中充滿歡樂！

Me First!

文／Michaël Escoffier
圖／Kris Di Giacomo
出版社／Enchanted Lion Books
難易度： ☆

　　故事裡的小鴨做什麼事都愛搶第一，無論鴨媽媽吆喝大家做什麼，牠總是愛喊："Me first! Me first!" (我先！我先！)。有一天小鴨聽到有人在喊："Time for lunch!" (午餐時間到囉！)，牠又喊著："Me first! Me first!"，結果竟然是兩個人類在對話："What are we having today? (我們今天吃什麼？)" "Duck! (鴨肉！)" 小鴨會如何逃脫呢？結局非常有趣！

　　這本繪本完全以簡單的對話所組成，適合作為親子讀者劇場的入門材料。聽完這個故事後，即便是小小孩，一定也會跟著說 "Me first!" 了！就可以讓孩子來演主角小鴨囉！

　　此外，從這本繪本還可以學習以 "It's . . . time!" 或 "Time for . . . !" 的句型來表達「做…的時間到囉！／該做…囉！」，如以下兩個句子：

1. It's bath time!　該洗澡囉！

2. Time for lunch!　午餐時間到囉！

2 Pardon Me!

文、圖／Daniel Miyares
出版社／Simon & Schuster
難易度：✿

　　故事裡的小鳥在沼澤的一塊大石頭上享受靜謐時光，豈料沒多久就被打擾了。蒼鷺、青蛙、烏龜和狐狸相繼來到，小鳥被擠在大石頭的小角落，非常不舒服。牠氣呼呼地大吼，把大家全給趕走！但小鳥以為的大石頭其實是……。

 跟著繪本學英文

　　"Pardon me." 意思是「不好意思、抱歉」，在這本繪本中反覆出現。透過讀者劇場的共讀方式，孩子必會對這句臺詞印象深刻，也會學習到其他日常實用短句，如：

Don't you think?　你不覺得嗎？

Sure.　當然。

Leave me alone!　別打擾我！

3 I Can See Just Fine

文、圖／Eric Barclay
出版社／Harry N. Abrams
難易度：✿✿

　　故事裡的小女孩 Paige 近視了，但不管任何人問起她的視力，她總是回答："I can see just fine!" (我看得清楚！) 後來媽媽帶她去檢查視力

並配眼鏡，但 Paige 都沒有擦拭她的眼鏡。媽媽對她說：“Your glasses are filthy! There's no way you can see out of those! (你的眼鏡髒髒的，這樣沒辦法從這副眼鏡看清楚東西呀！)” 猜猜 Paige 會怎麼回答媽媽？

近年來，學齡兒童近視比率快速升高。根據國民健康署調查發現，國小六年級已有 70.6% 的學生近視，其中高度近視比率達 10.3%，而高度近視容易引發早年性白內障、視網膜剝離等病變。帶孩子共讀此繪本時，也別忘順帶提醒孩子注意眼睛保健。

國際上許多眼科醫師常建議的視力保健方式為 20-20-20 rule，是指 “Every 20 minutes, take a 20-second break by looking 20 feet away.”，也就是每用眼二十分鐘就遠望二十秒，讓眼睛休息。為了讓孩子能長久的享受閱讀樂趣，一起保護孩子的眼睛健康吧！

跟著繪本學英文

這本繪本在進行讀者劇場時，大人需要扮演旁白的角色，而孩子可以學習扮演主角小女孩 Paige。小女孩 Paige 一直重複說 “I can see just fine!” 這句話，孩子很快就能學會這句臺詞囉！也可學習一些日常實用詞彙，如：

• eye doctor　眼科醫師　　　• eyeglass frame　鏡框
• eye chart　視力檢查表

另外，還可以學習 “have trouble doing something” 的句型，用來表達做某事情有困難，如下例：

Paige was having trouble seeing the chalkboard.
Paige 沒辦法看清楚黑板。

145

Paige was having trouble reading her sheet music.

Paige 沒辦法看清楚她的樂譜。

延伸活動

在和孩子共讀這本繪本時，家長不妨引領孩子觀察其中的內頁插圖，比較一下美國和臺灣視力檢查表有何不同之處？

Can Somebody Please Scratch My Back?

文／Jory John
圖／Liz Climo
出版社／Dial Books for Young Readers
難易度：✿ ✿

　　故事裡的大象背好癢啊！可是牠沒法子幫自己抓癢，怎麼辦好呢？幸好大象遇到小刺蝟，牠用身上尖尖的刺幫大象抓背。豈料，大象後來用牠的鼻子把小刺蝟甩個老遠，還把小刺蝟甩到四腳朝天！沒辦法自己翻身的小刺蝟，此時肚子好癢好癢，換誰來幫牠抓癢呢？故事結局很有趣喔！

　　這是個很可愛的故事！有好幾個橋段讓我和孩子忍不住笑開來。孩子聽我說故事時不斷重複："Can somebody please scratch my back?"（有人可以幫我抓背嗎？)、"Can you scratch my back?" (你可以幫我抓背嗎？)，很快就會跟著說了。故事裡頭重複句型的使用，很容易讓孩子自然而然習得道地且真實可用的英語，這是繪本閱讀的優勢。

這本繪本裡全部是大象和各種動物的對話。對話生動，用語生活化，非常適合作為讀者劇場的共讀材料。唸不同角色的臺詞時記得模擬不同的聲調和語氣，例如唸到樹懶 (sloth) 說的話時，可以將語速放慢得很誇張，如此親子共讀的過程會笑料不斷！

身體癢，如何用英文表達呢？書中提供以下幾種表達方式：

1. I've got an itch.　我覺得癢癢的。

2. I have an itch on my back.　我的背癢癢的。

3. My stomach itches.　我的肚子癢癢的。

請人幫忙抓癢，英文可以說 Can you scratch my . . . ?，如：

Can you scratch my back?　你可以幫我抓背嗎？

從這本繪本中，也可以讓孩子學習除了 Yes 之外其他表示肯定回覆的方式，例如：

Absolutely.　當然。

Yes, of course.　當然可以。

I'm happy to oblige.　我很樂意幫忙。

另外，也可以提醒孩子，「象鼻」在英文裡不說 nose，而是用 trunk 這個字喔！

書名偵探

　　不是「名偵探」，而是「書名」偵探！這是一個開啟親子英語共讀的好方法。大人可能習慣唸完書名後，就翻開第一頁立刻開始唸故事，但其實，繪本閱讀是從封面開始。封面上的圖畫以及書名就可以成為親子共讀時的第一個討論主題。

　　先和孩子聊聊在封面觀察到了什麼？告訴孩子書名的意思後，也可問問他們這樣的書名有什麼特別的地方嗎？讓孩子像小偵探一樣，從封面圖畫和書名這些線索去猜猜看這可能會是一個什麼樣的故事。透過引導孩子觀察和推測，親子共讀會充滿互動性和趣味。並且，孩子的思考能力也會在如此互動的過程中逐漸萌芽。

　　孩子的思考力雖剛開始培養，但洞察力與想像力往往超越大人的想像。聽到孩子們的想法後，別忘了及時鼓勵和回應。快樂的英文繪本共讀時光將就此展開囉！

① Lion, Lion

文／Miriam Busch
圖／Larry Day
出版社／HarperCollins Children's Books
難易度：★★

故事裡的小男孩和他的小老鼠四處尋找 "Lion"。這時，一頭大獅子出現在小男孩面前，牠告訴小男孩牠正在尋找美味的午餐。其實啊，小男孩想要尋找的 "Lion"，並非他眼前所見的這頭獅子，而是一隻被他取名為 "Lion" 的小貓咪。小貓咪 Lion 和這頭大獅子有著什麼樣的關係呢？小男孩最後有找回他的小貓咪嗎？

這本繪本的封面及書名皆別具巧思。共讀時，記得先問問孩子從這張封面觀察到什麼？這可能會是一個什麼樣的故事呢？引導孩子觀察獅子的表情、小男孩的眼神、小男孩口袋裡放的手電筒、小男孩腳邊的小老鼠。最後再帶孩子看看書名的設計，猜猜看為什麼黑色大字 LION 當中的 O 裡面有白色小字 Lion？這些細節都有其意義，等待小小讀者去探索。

跟著繪本學英文

當獅子說花會讓牠打噴嚏時，小男孩答道 ："Sneeze? You don't say."。這裡的 "You don't say." 並不是字面上「你不說」的意思喔！這句話在英文口語中用來表示驚訝，意思接近中文的「不至於吧！」、「不會吧！」所以小男孩在這裡所要表達的意思是：「花會讓你打噴嚏？不會吧！」

另外，從這本繪本還可以學習其他日常實用英語短句，如：

What are you doing?　你在做什麼？

Don't worry.　別擔心。

There you are.　你在那裡啊。

② **Outfoxed**

文、圖／Mike Twohy
出版社／Simon & Schuster
難易度：★★☆

故事裡的狐狸在夜晚來到雞舍抓了隻母雞，想帶回家飽餐一頓。結果回到家發現，牠抓到的不是雞，而是鴨！不過牠馬上轉念：雖然我愛吃雞，不過鴨肉也可以。這隻鴨子當然不想被狐狸吃下肚，牠急中生智，馬上行為舉止都變成一隻狗的模樣。一向精明的狐狸會被鴨子給騙了嗎？究竟這隻鴨子能否順利逃過一劫？

在開始進入到故事內文之前，可以帶孩子思考一下書名 *Outfoxed* (以智取勝) 這個字是什麼意思？孩子沒說對，沒關係。讀完故事後，再請孩子透過故事內容推論此字涵義，孩子的答案可能會與先前猜想的答案很不一樣。經過大腦主動思考所得到的知識，才比較有可能內化到長期記憶裡。所以，家長和老師在帶孩子閱讀的過程中，千萬別急著告訴孩子很多很多的知識與訊息，多多引導孩子推論與思考吧！

③ **Brief Thief**

文／Michaël Escoffier
圖／Kris Di Giacomo
出版社／Enchanted Lion Books
難易度：★★☆

出現在這本繪本封面上的紅內褲，就夠讓人好奇這會是一個什麼樣的故事呢？好的封面設計讓人心生想要翻開書本一探究竟的強烈動機！

故事敘述蜥蜴 Leon 在大樹後方解便，卻發現沒有衛生紙。此時牠看見樹上掛著一件破舊的內褲，牠於是拿這條內褲來擦屁股。豈料，蜥蜴突然聽見有人對牠說："HEY! Who do you think you are?" (嘿！你以為你是誰啊？) 又道："You think I didn't see that?" (你以為我沒看見你剛剛做的好事嗎？)

咦？到底是誰在對蜥蜴說話，故事後來又會如何發展？在此絕對不能劇透，強力推薦大家找這本書來與孩子共讀喔！此繪本可是我心目中數一數二、大人和小孩都會喜愛的上等幽默之作，錯過太可惜！

和孩子共讀前可以先觀察封面的圖畫，猜猜這會是怎樣的一個故事，並讓孩子學學書名這兩個長得很像的英文字。讀完故事後，可以再回到封面，帶孩子思考一下：為什麼這本書的書名要取作 *Brief Thief*？

brief 這個字有好幾個意思，最常用的意思是「簡短的」，但另一個意思則是內褲，所以書名 *Brief Thief* 意為「內褲小偷」。brief 在英國口語中又可用來指律師。蜥蜴 Leon 在故事中為自己的行為辯解，既是小偷，又像是自己的辯護律師呢！

共讀時也可以順帶提醒孩子 underpants (內褲) 這個字字尾要加 s，因為褲子有兩個褲管，所以視為複數。

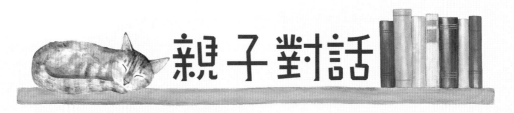

親子對話

　　在這個科技進步、人際關係疏離的時代，有時連父母也是一有空檔就忙著低頭滑手機，減少了和孩子互動的時間。曾聽過一個小孩在母親節時被問到最想和媽媽說什麼，小孩說了三句話：「媽媽，母親節快樂！妳可不可以不要再滑手機了？跟我說說話，好不好？」聽了讓人心疼又感慨。親子共讀的時光，不只促進學習，更帶來親子對話的機會。共讀之後的親子對話，同時也會加深孩子剛剛在閱讀中所學的印象，並增進孩子的溝通表達能力。

　　讓快樂的親子共讀時光不會隨著翻到繪本末頁的 "The End" 而結束，而是更多親子對話、互動與學習的開始。

That's Mine!

文、圖／Michel Van Zeveren
出版社／Gecko Press
難易度：☆

　　故事裡的小青蛙在叢林中發現一顆蛋，牠馬上占為己有，可是這顆蛋沒多久就被蛇給搶走了。後來老鷹和蜥蜴也相繼出現，彼此你爭我奪，都說這顆蛋是「我的！我的！」就在一陣混亂的搶奪中，蛋不小心飛了出去，緊接著事情的發展讓人意想不到！在簡單而饒富趣味的情節鋪排中，可見作者對人性的隱喻。

帶著孩子共讀此書時，孩子不但會隨著情節的層層轉折而興奮地往下閱讀，更可在閱讀的歡樂中自然進入英語情境裡，輕鬆習得英語的地道表達。共讀此書後，也可和孩子聊聊：為什麼動物們原本對那顆蛋爭奪不休，後來的反應卻有如此大的轉變？

"Whose is this?"
he demands.

"Um…"

"Err…"

"Well…"

"Ah…"

◆ 飛出去的蛋打到了大象，他皺眉問道："Whose is this?"（這是誰的？）結果原本爭先恐後的動物們瞬間語塞。文中 demand 的意思是指語氣堅定的詢問。動物們結結巴巴吐出的 "Um"、"Err"、"Well" 等都是日常英文對話中常會聽到的發語詞，表示說話者正在思考接下來要說什麼話。讀到這一頁時，可以問問孩子：如果你是蜥蜴、老鷹或蛇，你會說什麼呢？如果你是小青蛙，你又會有什麼反應？如果你是頭上被打出一個包的大象，卻沒聽到一聲道歉，甚至找不到人認錯，會是什麼心情呢？透過這樣的討論，能漸漸培養孩子的同理心，也會讓親子共讀進入到更深的閱讀與思考層次。

從這本繪本可以學習一些簡單的日常實用短句，如：

That's mine!　那是我的！

It's his.　這是他的。

Here you are.　這給你。

That's not fair.　這不公平。

Little Mouse's Big Breakfast

文、圖／Christine Pym
出版社／Nosy Crow
難易度：★★★

　　這個故事描述一隻肚子好餓的小老鼠，跑到一戶人家找東西吃。牠在屋子裡發現好多樣美味的食物，甚至還發現牠最愛的葵花子！然而就在這個時候，小老鼠眼前出現一隻大黑貓，大黑貓虎視眈眈、不懷好意地看著小老鼠！小老鼠能否平安回家？故事的發展令人莞爾一笑！讀完這個可愛的故事後，可以和孩子輕鬆聊聊最喜歡吃什麼當早餐。

從這本繪本可以學習使用不同的形容詞來形容不同的食物，如：

- a bright blueberry　鮮豔的藍莓

- big brown biscuits　大片咖啡色餅乾

- a spicy sausage　辛辣的香腸

- a rosy red apple　玫瑰紅的蘋果
- a plump pickle　飽滿的醃黃瓜

還可以學習 "... would be delicious / perfect for ... breakfast." 的句型，如：

A bright blueberry would be just perfect for a little mouse's breakfast.

作為小老鼠的早餐而言，鮮豔的藍莓實在太完美了。

A rosy red apple would be delicious with a bright blueberry for a little mouse's breakfast.

作為小老鼠的早餐而言，玫瑰紅的蘋果配上鮮艷的藍莓會很美味。

A little mouse would be just perfect for a big black cat's breakfast.

作為大黑貓的早餐而言，一隻小老鼠實在太完美了。

延伸活動

二十世紀最著名的營養學家 Adelle Davis 曾開玩笑說道：
"Eat breakfast like a king, lunch like a prince and dinner like a
pauper." (吃早餐要像國王一樣，吃午餐要像王子一樣，吃晚餐要像貧
民一樣。) 事實上，現在許多研究顯示早餐確實是一天當中最重要的一
餐。讓孩子用 "... would be delicious / perfect for my breakfast." 這
個句型說說自己最喜歡吃什麼當早餐吧！

Olive and the Big Secret

文、圖／Tor Freeman

出版社／Candlewick Press; Templar Publishing

難易度：⭐⭐

　　故事裡的小兔子 Molly 心裡有個祕密，她告訴了好朋友 Olive，然後叮囑 Olive 絕對絕對不能把這個祕密說出去！但是 Olive 得知這個天大的祕密後，忍不住和小烏龜 Joe 說了這個祕密。結果這個祕密就這麼一個傳一個，最後竟然又傳回當事人 Molly 的耳裡！

　　這個祕密到底是什麼呢？為什麼大家得知這個祕密後，都會大吃一驚，且忍不住想跟其他朋友分享呢？這是一個有關傳八卦的故事，小學中高年級的孩子和國中生都會喜歡。共讀之後，可以問孩子：假如你是 Olive，你會怎麼做？假如你是 Molly，你會有什麼感覺？你會原諒 Olive 嗎？或許孩子自己在學校也有過類似的經驗可以聊聊呢！

　　當告訴朋友心中的祕密後，想叫朋友保守祕密時，英文可以說：

You mustn't tell anyone.

你不可以告訴任何人。

如果要向朋友保證：「我絕對不會把祕密說出去的。」英文可以說：

I will never tell.

我絕對不會說的。

① That Is Not a Good Idea!

文、圖／Mo Willems
出版社／HarperCollins Children's USA
難易度：⭐⭐

　　這本繪本可說是經典童話「小紅帽與大野狼」的改編版。一隻飢腸轆轆、心懷不軌的狐狸，企圖邀請鵝媽媽散步、甚至共進晚餐，鵝媽媽竟毫不遲疑的欣然答應。狐狸的邀請對鵝媽媽來說會是個好主意嗎？牠會不會陷入險境？本書作者 Mo Willems 很是厲害，顛覆功力一流。故事的結局出乎意料，太好笑啦！在情節進入最高潮前，不妨讓孩子發揮創造力與想像力，猜猜故事會如何收尾！

跟著繪本學英文

　　從這本繪本可學到 "Would you care to . . . ?" (您想要…?) 的句型。此句型可用來邀請對方做某件事情，是非常正式、有禮貌的問句，如：

Would you care to go for a stroll?

您想要去散步嗎？

Would you care to continue our walk into the deep, dark woods?

您想要繼續散步到又深又暗的森林去嗎？

Would you care to visit my nearby kitchen?

您想要來看看我在附近的廚房嗎？

 延伸活動

1. 讓孩子針對 Would you care to . . . ? 的句型進行造句練習。

2. 對於程度較好的孩子，可讓他們試試改寫故事結局。

3. 這個故事本身就很有戲，很適合轉換為動態的戲劇演出。讓孩子透過對話和肢體動作，將此故事演出來，不僅可以作為口語練習，也讓孩子有機會發展肢體動覺智能喔！

 2 **Little Red、Rapunzel、Hansel & Gretel**
文、圖／Bethan Woollvin
出版社／Two Hoots
難易度：★★

　　作者 Bethan Woollvin 把〈小紅帽〉、〈長髮公主〉和〈糖果屋〉這三個經典童話故事改編得太妙啦！看到結局的畫面，噗哧笑了出來，讚嘆作者太有才！在此先介紹其中一本 *Little Red* 給大家，其他兩本也毫不遜色，強力推薦喔！

　　Bethan Woollvin 筆下的小紅帽，非常機智且勇敢過人，不但看穿大野狼的心機，面對凶惡的大野狼，更是沒有絲毫的畏懼。當大野狼張開大嘴巴，露出可怕的利牙，想將小紅帽一口給吃下肚時，猜猜小紅帽對大野狼做了什麼事？

　　Bethan Woollvin 非常會運用插畫來說故事。文字沒有明說的部分，請仔細觀察圖畫所傳達出來的訊息喔！閱讀繪本，是培養圖像解讀力的好方法！

當身體不舒服的時候，可以學繪本這樣說："I'm not feeling well."。

從這本繪本也可以學到以 What 為首的感嘆句，如下：

What big ears you have!　你的耳朵真大！

What big eyes you have!　你的眼睛真大！

What big teeth you have!　你的牙齒真大！

互動式繪本

This Book Just Ate My Dog!

文、圖／Richard Byrne

出版社／Henry Holt & Co

難易度：★★

　　這是一個可愛的互動式 (interactive) 繪本。故事裡的小女孩 Bella 帶著她的狗兒去散步，沒想到當狗兒要從書本的左頁跨到右頁時，竟然被這本書左右頁中間的交接處給吃了進去！Bella 的好朋友 Ben 以及消防車、警車都來救援，結果全數被這本調皮搗蛋的書給吃了，就連 Bella 自己也被書吃掉了！少了主角的故事，怎麼繼續下去？這就是這本書有意思的地方啦！

跟著繪本學英文

　　當要詢問對方：「怎麼了？」、「發生什麼事了？」，英文可以說："What's up?"。此外，從故事裡可以學到用來表達「消失」、「不見了」的兩個動詞：disappear 和 vanish。

Duck's Vacation

文、圖／Gilad Soffer
出版社／Feiwel & Friends
難易度：★★

　　這也是一個與讀者互動的故事。有隻鴨子在海灘享受日光浴，但讀者每翻一頁，鴨子就會遇上倒楣事，這讓鴨子氣得大聲嚷嚷："Turn as many pages as you want. I'm getting out of the book!"（你們愛翻幾頁就盡量翻吧。我要離開這本書了！）然後就真的離開了，留下一群海盜緊張地央求讀者："Don't close the book! Our story is about to begin. . . ."（別闔上書啊！我們的故事才正要開始……。）

　　類似這樣與讀者互動的故事非常有創意，也常常能夠讓孩子更積極參與在故事的進行裡喔！

從這本繪本可以學習一些生活實用短句，如：

I don't want anyone to bother me.　我不想要任何人來打擾我。

No matter what!　無論如何！

Give me a break!　饒了我吧！

I've had enough!　我受夠了！

No worries.　別擔心。

It doesn't matter to me any more.　這對我來說已經不重要了。

It can't possibly get worse.　事情不可能再更糟了。

延伸閱讀

　　互動式繪本中的故事會和讀者互動，親子共讀起來特別有趣。事實上，互動式繪本是融合了後現代文學中 metafiction (後設) 的手法，意思是指作品本身刻意讓讀者意識到自己正在閱讀一個故事。這與十九世紀開始的戲劇寫實主義有同樣 "breaking the fourth wall"(打破第四面牆) 的概念，意思是指打破劇中角色和觀眾之間的那道無形的牆，讓角色和觀眾互動。

　　共讀完此單元介紹的互動式繪本後，如果還意猶未盡，推薦共讀 Patrick McDonnell 所著的 *A Perfectly Messed-Up Story*，這本繪本不但有趣且深具啟發性。如果孩子年齡較小，則推薦共讀 Tom Fletcher 所創作的非常好玩的 *There's a Monster in Your Book*。

The Cave

文、圖／Rob Hodgson

出版社／Frances Lincoln Children's Books

難易度：☆☆

　　故事裡的狼日日夜夜守在洞穴前，想引誘洞穴裡的生物走出來，然後把牠給吃了。狼可是費了好大的勁，說了不少好聽的話，才終於說服洞穴裡的生物往洞穴外走。但，萬萬沒想到，這生物竟然嚇著了狼，狼一見到牠，換狼立馬跑進洞穴躲起來。到底狼看見什麼生物呢？

◆ 左圖中，狼坐在洞穴外問洞中生物為什麼不出來玩，並告訴那隻生物牠們必會成為非常要好的朋友，但洞中的 "little creature" 絲毫不為所動。可以和孩子一起猜猜看洞中會是什麼生物？牠又為什麼要躲在洞中呢？會是因為害怕野狼嗎？

親子大手拉小手，
跟著繪本快樂學英文

◆ 右圖中，狼依舊待在洞口，甚至做了雪人，試圖說服洞中生物出來玩。狼問牠待在洞裡一定很無聊吧?沒想到洞中生物竟回答："Only boring creatures get bored." (只有令人無聊的生物會感到無聊。) 真是令人玩味的一句話！洞中生物引起狼的興趣，對狼來說就是 interesting creature，而牠待在洞裡看著狼因為對牠感興趣而費盡心思，當然一點都不無聊啊！

跟著繪本學英文

以下兩個句子在故事裡不只出現一次，簡單實用，可以學起來喔！

1. Why don't you come out to play?

   你為什麼不出來玩呢？

2. I'm sure we'd be very good friends.

   我確定我們會變成很好的朋友。

The Terrible Plop
文／Ursula Dubosarsky
圖／Andrew Joyner
出版社／Farrar, Straus & Giroux
難易度：⭐⭐

故事裡的小兔子們一開始在湖畔享用美味的紅蘿蔔和巧克力蛋糕，突然間聽到「啪」一聲，把牠們給嚇著了！牠們死命地逃開，而逃跑的

164

過程中遇到了其他許多動物，於是越來越多動物聽到這個消息，都害怕得跟著逃跑。到底「啪」是什麼呢？來看看這個可愛的故事吧！

跟著繪本學英文

這個故事是以韻文寫成，適合大聲朗讀，以感受其中音韻的活潑輕快喔！從這個故事可學習 "be afraid of...." 的句型，表示害怕某人事物，如下：

I'm afraid of the PLOP.　我害怕那個「啪」。
I'm afraid of the bear.　我害怕那隻熊。

Can't Catch Me!
文／Timothy Knapman
圖／Simona Ciraolo
出版社／Candlewick Press; Walker Books
難易度：★★

Cover illustration © 2017 Simona Ciraolo CAN'T CATCH ME by Timothy Knapman and illustrated by Simona Ciraolo. Reproduced by permission of Walker Books Ltd, London SE11 5HJ www.walker.co.uk

故事裡的小老鼠速度飛快，牠也對其閃電般的奔跑速度感到洋洋得意。不僅老貓抓不住牠，就連狐狸、狼和大熊也捉不到牠。老貓於是不跟小老鼠比速度。牠耍了點心機，以智取勝，成功把小老鼠一口給吃下！猜猜牠使用了什麼詭計？

跟著繪本學英文

故事裡的小老鼠不斷重複說著："Can't catch me!" (抓不到我！) 孩子多聽個兩三遍，很快就會跟著說囉！

165

從這本繪本還可學習形容詞的比較級和最高級：

1. 比較級 + and + 比較級，有「越來越…」的意思，例如：

He got thinner and thinner.　牠變得越來越瘦。

2. 形容詞最高級前面要加 the，字尾要加 est，例如：

I'm the fastest mouse in the world!　我是世界上速度最快的老
鼠！

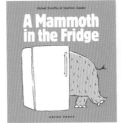

A Mammoth in the Fridge

文／Michaël Escoffier
圖／Matthieu Maudet
出版社／Gecko Press
難易度：★★

法國繪本作家 Michaël Escoffier 的作品已被翻譯為多種語言，幽默
的故事風格受世界各地大小讀者的喜愛。此篇章已介紹了他的兩部作
品：*Me First!* 及 *Brief Thief*，而現在要介紹的 *A Mammoth in the Fridge*
亦是他的代表作。

故事中的哥哥打開冰箱時，赫然發現冰箱裡竟然有隻長毛象！爸爸
趕緊叫媽媽打電話請消防員來協助。消防員在打開冰箱的瞬間，沒能及
時捉住長毛象，長毛象奪門而出。半夜裡，妹妹卻帶著紅蘿蔔從家裡溜
出來找長毛象！難道妹妹和長毛象有著什麼關係？

◆ "Dad! It's true! Look!" (爸！是真的！你看！) "Aaaah! Keep away, son. It might bite." (啊——！站遠點，兒子。牠可能會咬人。) "Sweetheart—call the fire brigade." (親愛的，打電話給消防隊。) 從圖中可見發現長毛象的一家人都一臉吃驚，爸爸冷靜下來後叫媽媽 "call the fire brigade"。fire brigade 是英式英語，美國人通常稱消防隊為 fire department。共讀時可以告訴孩子，在 fire brigade 裡工作的人稱為 firefighter (消防隊員)，而他們開的消防車叫做 fire engine。

從這本繪本可以學習日常實用英語短句，如：

Don't be silly.　別傻了。

Are you ready?　你準備好了嗎？

Catch it! Quickly!　抓住牠！快點！

Be patient.　要有耐心。

We've got to go.　我們得走了。

Ssshh! Don't wake Mum and Dad.　噓！不要吵醒媽媽和爸爸。

⑤ Suddenly!

文、圖╱Colin McNaughton

出版社╱Houghton Mifflin Harcourt

難易度：★★★

　　故事裡小豬 Preston 在回家的路上被一隻不懷好意的大野狼跟蹤，這隻狼一心想把 Preston 吃掉。可是每次大野狼準備下手之際，幸運的 Preston 總是能一次又一次逃過劫難，而大野狼卻接連遭逢厄運，最後甚至還身負重傷，被救護車給送到醫院去！

　　作者 Colin McNaughton 很巧妙的安排故事裡的每一個環節，讓整個故事既懸疑、緊張又帶著幽默、搞笑的氛圍。真的只要故事寫得好，就不用擔心孩子會抗拒用英文寫成的故事。一旦孩子被故事的情節給吸引，他們就會沉浸在聽故事的樂趣中，不會在乎他們聽到的語言是中文還是英文啦！

跟著繪本學英文

　　故事裡一次又一次出現 "Suddenly!" (忽然！)，孩子很快就會模仿使用的。另外，故事裡有一句這麼寫著："Mr. Plimp the storekeeper called Preston back to say he had forgotten his change." (商店老闆 Plimp 先生把 Preston 叫回去，說他忘記拿找給他的零錢了。) 可以和孩子分享，change 在這裡不是「改變」的意思，而是指「零錢」，是不可數名詞喔！

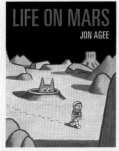

Life on Mars

文、圖／Jon Agee
出版社／Dial Books for Young Readers
難易度：★★

　　幽默繪本大師 Jon Agee 有許多值得一讀的作品。這本 *Life on Mars* 以簡單的文字敘述，加上許多文字裡沒有透露的畫面訊息，結合成一個幽默、令人看到最後會心一笑的好故事。

　　小男孩到火星上尋找生命的存在，在他找啊找，即將放棄希望的時候，赫然發現一朵花，花不正是生命的象徵嗎？他對於自己的發現實在太開心了，但他始終沒有注意到火星上有更令人吃驚的龐然大物存在！只有我們讀者是站在全知的角度看到整個故事的進行，非常有意思的敘事方式！

跟著繪本學英文

　　可帶孩子學習使用 I can't wait to....(我等不及要…) 這個句型來表達對某件事懷有迫不及待的心情 ，如 ： "I can't wait to get back to Earth and show everybody what I found." (我等不及要回地球給大家看我找到了什麼。) 亦可學到一些實用的生活短句，如：

It's obvious.　這很明顯。

I can't believe it.　真不敢相信。

I'm lost!　我迷路了！

Wait a minute.　等一下。

My Rhinoceros

文、圖／Jon Agee
出版社／Scholastic
難易度：★★☆

這是 Jon Agee 所創作的另一部作品。故事裡的小男孩買了一隻犀牛，但回家後發現這隻犀牛什麼都不會做，既不會追球，也不會追飛盤，無趣極了！小男孩於是請教犀牛專家，犀牛專家的回覆是，犀牛只做兩件事，一件事是 pop balloons (把氣球弄爆)，另一件事是 poke holes in kites (在風箏上戳洞)。但後來小男孩發現，這隻犀牛除了會 pop balloons 和 poke holes in kites 之外，牠還具備另一項能力喔！在進入故事尾聲、揭曉答案之前，不妨先讓孩子推論看看犀牛的第三項特別的能力是什麼？

從這本繪本可帶孩子學習 What if . . . ? (如果…怎麼辦?) 這個假設語氣的句型喔！如下：

What if we went to the park and there was a man selling balloons?

如果我們去公園，那邊有人在賣氣球怎麼辦？

What if somebody was flying a kite?

如果有人在放風箏怎麼辦？

170

這個句型的學習，可另搭配繪本創作大師 Anthony Browne 的 *What If . . . ?* 一書。這本書裡一再出現 What if . . . ? 的句子，如：

What if there's someone at the party I don't know?

如果派對上有我不認識的人怎麼辦？

What if I don't like the food?

如果我不喜歡那食物怎麼辦？

What if they play scary games?

如果他們玩恐怖的遊戲怎麼辦？

What if he's really unhappy?

如果他真的不開心怎麼辦？

My Lucky Day

文、圖／Keiko Kasza

出版社／Penguin Group USA

難易度：★★

一隻飢腸轆轆的狐狸正準備出門獵捕食物，此刻他卻聽到敲門聲。門一開，竟然是隻小豬！狐狸心裡高興得不得了，想說今天也太幸運了，不出門就有美味食物自動送上門來！不過啊，這可不是一隻傻裡傻氣、自投羅網的小豬仔喔！且看這隻機智聰明的小豬，如何把狐狸給騙得團團轉吧！

跟著繪本學英文

故事裡的小豬每次對狐狸提議一件事情之後，就會向狐狸說：
"Just a thought." 這句話的意思是：「這只是我的一個想法。」

從這本繪本也可學到單音節形容詞的最高級是在形容詞之後加
est，且形容詞前要加上 the，如：the cleanest (最乾淨的)、the fattest (最
胖的)、the softest (最柔軟的)。

另外，拿 tender 這個形容詞來形容人，是指這個人很溫柔體貼，可
是故事裡也用這個字來描述肉 (meat)。你可能會很困惑：「肉怎麼會用
溫柔體貼來形容？」事實上，tender 也有「嫩」的意思，所以 tender
meat 意思是「很嫩的肉」。

亦可從這本繪本學到 "Shouldn't you . . . ?" 的句型來表達「你不是
應該要…？」，例如：

Shouldn't you wash me first?

你不是應該要先把我洗一洗嗎？

Shouldn't you fatten me up to get more meat?

你不是應該要把我養胖才能得到更多肉嗎？

Shouldn't you massage me first to make a more tender roast?

你不是應該要先幫我按摩才能做出更嫩的烤肉嗎？

"There," said the fox. "Now you're the fattest piglet in the county. So get into the oven!"

"All right," sighed the piglet. "I will. But . . ."

"What? What? WHAT?" shouted the fox.

"Well, I am a hardworking pig, you know. My meat is awfully tough. Shouldn't you massage me first to make a more tender roast? Just a thought, Mr. Fox."

"Hmmm . . ." the fox said to himself, "I do prefer tender meat."

◆ 這張圖中，狐狸正準備把小豬推入烤箱，但小豬竟對狐狸說："Well, I am a hardworking pig, you know. My meat is awfully tough. Shouldn't you massage me first to make a more tender roast? Just a thought, Mr. Fox."（嗯，我是一隻勤勞的豬，你知道的。我的肉咬起來非常老。你不是應該要先幫我按摩才能做出更嫩的烤肉嗎？這只是我的一個想法，狐狸先生。）小豬的口氣可謂臨危不亂！而牠的智慧表現在對敵人心理的了解，真是強大的攻心術呢！

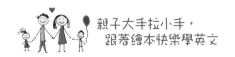

黑色喜劇

A Well-Mannered Young Wolf

文／Jean Leroy
圖／Matthieu Maudet
出版社／Eerdmans Publishing Co
難易度：★★

　　故事中的小狼第一次獨自出門尋覓獵物，牠相繼捕獲一隻兔子和一隻雞，但為了要完成牠們死前的最後心願：兔子希望小狼唸書給牠聽，雞則希望小狼為牠彈奏樂曲，小狼於是回家拿書本和樂器……。這是一部黑色喜劇小品，結局超有梗喔！

　　黑色喜劇 (black comedy)，又被稱為黑色幽默 (dark humor)，是指作品以輕鬆詼諧的方式處理平常會被嚴肅看待的主題。例如這本 *A Well-Mannered Young Wolf* 就是以詼諧的方式處理「死亡」這件事。帶孩子共讀黑色喜劇繪本，能讓孩子感受不同層次的幽默，並引發不一樣的思考。

跟著繪本學英文

「我動都不會動一下的。」這句英文可以這麼說：

I won't move a muscle.　我肌肉動都不會動一下的。

I won't move a feather.　我連一根羽毛也不會動的。

174

I won't move a hair.　我連一根毛髮也不會動的。

另外，要向人保證或承諾事情時，英文可以怎麼說呢？

I promise!　我保證！

I swear!　我發誓！

I Want My Hat Back

文、圖／Jon Klassen
出版社／Candlewick Press; Walker Books
難易度：★★

　　故事裡的大熊找不到牠心愛的帽子，牠逢人便問："Have you seen my hat?"（你有看到我的帽子嗎？）可是都得不到任何能夠找到帽子的線索。其實，大熊詢問的動物當中有一隻正是賊！從這隻動物面對大熊詢問時的反應就可看出端倪。怎麼說呢？和孩子一起來看看這個帶點懸疑色彩與黑色幽默的故事吧！

　　I Want My Hat Back 曾獲紐約時報最佳童書插畫獎，紐約時報書評認為此書是 "A marvelous book in the true dictionary sense of 'marvel'"（一本非常棒的書，體現了字典裡對 marvel 的定義），表示此書著實令人驚嘆。

故事裡的大熊不斷重複問不同的動物："Have you seen my hat?"，孩子很快就能學會！就讓孩子透過大量閱讀自然習得語法，不需要使用一些抽象的文法名稱來告訴孩子這是英文時態中的現在完成式。過多的文法說明反而會讓孩子覺得英文太乏味，也太難以理解。

延伸閱讀

　　Jon Klassen 在出版 *I Want My Hat Back* 之後，繼續創作了關於帽子的故事 *This Is Not My Hat* 以及 *We Found a Hat*，三部作品皆詼諧有趣且具啟發性，成為廣受讀者喜愛的 Hat Trilogy Series (帽子三部曲)。

3 Fortunately

文、圖／Remy Charlip
出版社／Simon & Schuster
難易度：★★

　　故事裡的主人翁有一天很幸運地收到一封信，邀請他前往參加驚喜派對。倒楣的是，他住在佛羅里達，派對地點卻遠在紐約。還好他幸運地從朋友那兒借來一架飛機，然而飛行途中飛機卻不幸爆炸。幸運的是，降落傘救了他一命……。

　　就這樣，故事在幸與不幸之間交錯著進行，到底故事最後會有什麼樣令人意想不到的結局呢？

值得一提的是，作者在畫面顏色的呈現上頗具巧思。當故事主人翁遇到幸運的事時，整個畫面便呈現彩色；而當不幸的事發生時，畫面則完全以黑白兩色呈現。關於故事內頁畫面顏色的變化，家長不妨帶著孩子一同觀察。

跟著繪本學英文

我和孩子共讀這本書時，在翻頁前會先和孩子一起猜測接下來會發生什麼幸運或倒楣的事，讓閱讀過程更充滿樂趣。

讀完後，我們親子也編起沒完沒了的幸運與倒楣交錯的故事，非常有意思。建議家長也可以和孩子仿此繪本以 Fortunately 和 Unfortunately 為句首，交替使用這兩種句型來編撰有趣的故事喔！例如，故事一開始可以這樣設定："Fortunately, I hit a homerun for my baseball team today. Unfortunately, my baseball team didn't win the game. Fortunately, the coach didn't blame us for losing the game. Unfortunately. . . ." (很幸運的，我今天替我的棒球隊打了全壘打。很遺憾的，我的棒球隊沒有贏得比賽。很幸運的，教練並沒有責備我們輸了比賽。很遺憾的……。)

延伸活動

書中一連串的 Fortunately 和 Unfortunately 看似誇張荒謬，脫離現實，但其實我們人的一生何嘗不是如此禍福相倚呢？透過 Fortunately 和 Unfortunately 的句型來進行故事的仿寫，孩子就能創造出屬於自己的 *Fortunately*。可以引導孩子用日常生活或學校生活中遇到的情境來編故事，促進生活化的英語學習；也可以鼓勵孩子天馬行空地發揮想像力，激發其潛藏的創意。

Part II 實作篇
第五章【從繪本認識世界】

這個篇章介紹多元文化及國際議題相關繪本。希望
帶領孩子看見不同文化的獨特風貌，並學習理解、
尊重、接納不同文化下孕育出來的人們。此章最後
介紹傑出人物的傳記繪本。世界上不同領域都有卓
越人士，值得成為孩子的生命標竿。

・多元文化

・國際關懷

・傳記繪本

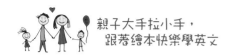
從繪本
認識世界

　　我們為什麼要讓孩子學習英文?是為了要讓孩子在學校的英文科目表現亮眼嗎?還是為了讓孩子把英文說得像母語一樣流利?也許每個人都有自己的理由，但對我來說，讓孩子學英文是因為我希望送給他們一把鑰匙，一把能為孩子開啟另一個世界的鑰匙。

　　這個世界有太多美好的人事物值得帶孩子去探究、去欣賞、去思考。我們不是為了要因應時代潮流而不得不培養孩子國際觀，而是知道一個開闊的視野能帶給孩子許多的智慧與快樂，並培養孩子成為一個懂得思考與關懷社會的人。

　　現實世界是綺麗豐富的，但也是複雜的，不乏灰暗層面。我們大人該如何讓孩子來認識世界?如果英文這個語言是一把鑰匙，那麼英文繪本就是一扇為孩子打造的、通往世界的門。繪本作家用美麗的圖畫和平易近人的文字,將這個世界以最溫柔的方式呈現在孩子面前。透過英文繪本,孩子能欣賞世界上美好的人事物,也學會關懷那些不美好的事物,從而明白自己就能為這個世界帶來美好的價值。

這個篇章所介紹的繪本讓孩子接觸多元文化,也讓孩子懂得國際關懷。文化沒有高低之別,每種文化都有值得我們取經之處。願我們自身和我們的孩子都能抱持不卑不亢、謙和友善的態度去對待不同族群的人,也培養更寬闊的胸襟與人文情懷,投身國際關懷的行動裡。

而此章最後特別介紹精彩的傳記繪本,介紹世界上許多對社會有所貢獻、發揮自身影響力的人物。孩子的成長路上,需要有他們打從心底佩服的榜樣可以看齊。倘若孩子能在傳記繪本中遇見啟發他們思維並激勵他們持續向上的標竿人物,他們的生命會更有前進的動能與清楚的方向。這是傳記繪本能夠為孩子帶來的美好影響。

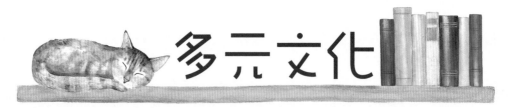
多元文化

My Nose, Your Nose

文、圖／Melanie Walsh
出版社／Houghton Mifflin Harcourt
難易度： ✿

　　這本繪本描述每個人長得都不一樣，有人膚色是褐色，有人膚色是白色；有人腿短，有人腿長；有人的眼睛是藍色的，有人的眼睛是棕色的，但縱使人與人存在著眾多的不同，我們還是有許多相似之處。我們既要懂得欣賞自身文化與他種文化各自的獨特、豐富，也要學習看見在表面差異之下，我們其實都有著一顆跳動的心和許多相似的人性與情緒感受。

跟著繪本學英文

從這本繪本可以學習身體特徵的表達，如：

Arthur's hair is brown and straight.

Arthur 的頭髮是棕色直髮。

Kit's hair is black and spiky.

Kit 的頭髮是黑色刺蝟頭。

還可學習使用 but 來表達語氣的轉折，如：

Daisy's skin is brown.

Agnes's skin is white.

But they both have cheeky pink tongues.

Daisy 的皮膚是褐色的。

Agnes 的皮膚是白色的。

但是他們兩個都有調皮的粉紅色舌頭。

② Mommy's Khimar

文／Jamilah Thompkins-Bigelow
圖／Ebony Glenn
出版社／Salaam Reads
難易度：★★☆

　　此繪本以一位信奉伊斯蘭教的小女孩之觀點與口吻，來呈現穆斯林女性頭巾帶給她的美好想像，並傳達她對母親深深的喜愛與依戀。

　　在伊斯蘭文化中，女子到了青春期以後需要配戴頭巾，象徵謙遜的美德。處於國際化的社會裡，我們現在也常有機會在公共場合看見配戴頭巾的穆斯林婦女。教導孩子認識、尊重、欣賞不同的文化尤為重要。

　　故事中提到小女孩的祖母並非穆斯林 ，但他們一家人仍然彼此相愛。這展現了對不同宗教信仰的尊重與接納。世界多元文化的存在，讓這個世界更為豐盈精采。不同族群的人應當試著相互理解，避免走向紛爭與仇恨的局面。

跟著繪本學英文

從這本繪本可以學到有關伊斯蘭教的相關詞彙，如：

1. khimar / hijab　穆斯林女性頭巾

2. mosque　清真寺

繪本裡出現這麼一句："When I put on Mommy's khimar, I become a queen with a golden train." (當我戴上媽媽的頭巾，我變成了穿著金色拖裙的皇后。) 如果把這裡的 train 理解為「火車」，就會覺得這句話說得太奇怪啦！其實 train 這個字另有「拖裙」的意思，也就是長裙及地的部分。 另外，從繪本中也可以學到穆斯林的問候語 ："Assalamu alaikum." (祝你平安。)

延伸活動

讀完這本繪本，可以帶孩子聽聽由英國穆斯林歌手 Harris J 所演唱的英文流行歌曲 "Salam Alaikum"。這是一首關於愛與和平的歌，而副歌歌詞正是穆斯林的問候語 "Assalamu alaikum." (祝你平安。)

3 School Days Around the World

文／Margriet Ruurs
圖／Alice Feagan
出版社／Kids Can Press
難易度：⭐⭐⭐

　　這本繪本描述十三個不同國家小朋友上學的情形。這十三個國家包含有：庫克群島、新加坡、中國、哈薩克、衣索比亞、肯亞、土耳其、德國、丹麥、委內瑞拉、宏都拉斯、美國和加拿大。大人可以帶著孩子去觀察、感受不同地區和不同文化脈絡下各異其趣的上學風貌。但要讓孩子知道的是，不管世界各地小朋友的學習環境有著多麼巨大的差異，「教育」都是一個人在成長過程中不可或缺的生命養分。教育讓一個人脫離無知。教育帶給每個人擁抱未來無限可能的機會。

　　繪本裡介紹到丹麥哥本哈根小朋友上學情形時，提到："My school is like two schools—one in the city and one in the forest. In our city school, we sit in a circle on the floor and talk about many things. Or we make music and sing songs. [. . .] Some days the school bus takes us to our forest school. When we get there we run and climb on an old boat. We play on swings and with a ball."(我的學校像是兩間學校——一間在城市，一間在森林。在城市學校，我們圍坐在地上談論很多事，或是作曲唱歌。[中略] 有時候校車送我們去森林學校。到那邊後，我們在一艘舊船上奔跑攀爬。我們玩鞦韆也玩球。)

是不是好羨慕這樣的上學方式呢？能夠在森林中以實際體驗取代知識背誦的學習型態，多棒啊！絕對對孩子的成長有相當大的益處。

延伸閱讀

由 Ellen Jackson 所創作的繪本 *It's Back to School We Go!*，也是一本介紹不同國家孩子們上學情況的繪本。除了描繪各地孩子新學期第一天上學情形外，也介紹各地孩子的日常生活方式。用字遣詞不難，一併提供給大家作為選書的參考。

This Is How We Do It: One Day in the Lives of Seven Kids from around the World

文、圖／Matt Lamothe
出版社／Chronicle Books
難易度：★★★★☆

這本繪本介紹來自七個國家的七個小朋友一天的生活。這七個國家分別是義大利、日本、伊朗、印度、祕魯、烏干達和俄羅斯。我們可以看到這七個來自不同國度的小孩不同的居住環境、穿著、飲食、上學情形、遊戲與休閒方式等。透過這本繪本，孩子會認識不同國度的生活方式，也能從中看見世界各地的小孩即便生活環境有著多麼大的不相同，彼此還是有著許多共通之處。和孩子共讀後，不妨讓孩子說說看，世界各地的孩子有哪些相同與相異之處呢？

跟著繪本學英文

可以透過這本繪本不斷重複出現的以下幾個句型，讓孩子口頭說說
自己的生活，或是寫成一篇小短文：

1. My name is _____.

   I'm _____ years old.

   我的名字叫_____。

   我今年_____歲。

2. I live in _____.

   我住在_____。

3. I live with _____.

   我跟_____一起住。

4. I have _____ for breakfast / lunch / dinner.

   我吃_____當早餐／午餐／晚餐。

5. I call my teacher "_____."

   He / She has been teaching for _____ years.

   我叫我的老師「_____」。

   他／她已經教書_____年了。

6. I write in _____.

   我用_____(某種語言)_____書寫。

7. I play _____ with _____.

   我和_____(某人)_____玩_____(某種遊戲)_____。

My Mom Is a Foreigner, But Not to Me

文／Julianne Moore
圖／Meilo So
出版社／Chronicle Books
難易度：★★★

　　這本繪本描述媽媽並非本國人的小孩其內心感受和生活方式。來自異鄉的媽媽，可能有著異於本地人的穿著打扮，飲食口味與習慣也與當地有所差異，說話時或許也夾帶著濃濃的口音。媽媽也許在他人眼裡是外國人，可是對這些小孩來說，媽媽並不是外國人，媽媽是他們心裡的最愛！

跟著繪本學英文

　　繪本中有一跨頁介紹世界不同文化下特有的節慶，可以進一步與孩子分享這些節日喔！如下：

• Easter　復活節
• Day of the Dead　亡靈節
• Chinese New Year　農曆新年
• Christmas　聖誕節
• Burns Night　伯恩斯之夜
• St. Lucia Day　聖露西日
• Otsukimi　月見
• St. Nicholas Day　聖尼古拉日
• Hanukkah　光明節
• Kwanzaa　匡扎節

　　這些節日有些可能連我們大人都不太認識呢！這裡與爸爸媽媽們簡單介紹：

Easter (復活節) 是基督教節日，紀念耶穌基督被釘死在十字架上後於第三天復活。

Day of the Dead (亡靈節) 相當於墨西哥文化中的清明節。

Burns Night (伯恩斯之夜) 是蘇格蘭的節日，紀念蘇格蘭民族詩人 Robert Burns。

St. Lucia Day (聖露西日) 是北歐節日，紀念基督教殉道者 St. Lucia。

Otsukimi (月見)，又稱 Jugoya (十五夜)，相當於日本的中秋節。

St. Nicholas Day (聖尼古拉日) 是天主教節日，紀念以悄悄送人禮物著名的聖人 Nicholas，他是聖誕老人的原型喔！

Hanukkah (光明節) 是猶太教節日，紀念猶太人將耶路撒冷從塞琉古帝國手中奪回。

Kwanzaa (匡扎節) 是非裔美國人的節日，慶祝非洲的傳統文化並凝聚非裔美國人的社區情誼。

Strictly No Elephants

文／Lisa Mantchev
圖／Taeeun Yoo
出版社／Simon & Schuster
難易度：★★★

故事裡的小男孩養了一頭小象，小女孩養了臭鼬，他們卻被寵物俱樂部擋在門外，不准進入。小男孩和小女孩決定自辦活動，歡迎所有小朋友和所有寵物來參加，包括拒絕他們入內的寵物俱樂部成員，他們也

敞開大門歡迎喔!可透過這本繪本和孩子分享對多元族群與多元文化的尊重及接納。

這本書的封面上可看見一扇門，上面掛著 "STRICTLY NO ELEPHANTS" (嚴禁大象) 的標誌。事實上，從十九世紀後期至二十世紀中期，美國社會瀰漫著種族主義 (racism) 的氛圍，當時有許多商家在門上掛著 "NO NIGGERS, NO JEWS, NO DOGS" (禁止黑人、猶太人與狗) 的標誌。如此的種族歧視是歷史上不堪的一頁，但這本繪本卻用小孩的口吻、動物的譬喻，以最溫柔的方式描繪出對抗種族主義、尊重多元族群的故事。

◆ 離開動物俱樂部的小男孩和小象走在陰雨濛濛的街道上。面對社會的冷漠，小男孩的心境就像淋著冷雨卻無傘可撐。翻到此頁時，先別急著往下翻，因為這一頁是整個故事的轉折點。圖中一切景物皆是暗藍的冷色調，只有小男孩、小象和拐角處的小女孩是暖色調。可以問問孩子:小男孩會沿著街道直走還是轉彎呢?他如果轉彎後會遇到誰呢?拐角處的小女孩為什麼一個人淋著雨，坐在長椅上?她腿上一團黑黑的東西會是什麼呢?

◆ 小男孩和小女孩引領其他小孩帶著各自獨特的寵物，一起去他們自己成立的寵物俱樂部。可以帶孩子觀察畫面中除了小象和臭鼬，還出現哪些動物呢？由左至右依序有犰狳 (armadillo)、長頸鹿 (giraffe)、獨角鯨 (narwhal)、蝙蝠 (bat)、企鵝 (penguin) 和刺蝟 (hedgehog)。其中的獨角鯨正是作者 Lisa Mantchev 下一部作品 Someday, Narwhal 的主角喔！

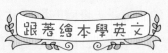

　　當朋友謝謝我們為他們做了什麼事情時，可以學故事裡重複出現的

這句話來回應朋友喔："That's what friends do." (朋友就是要這樣。)

I Like, I Don't Like

文／Anna Baccelliere

圖／Ale + Ale

出版社／Eerdmans Publishing Co

難易度：★★

　　這本繪本以簡單的句子及觸動人心的寫實圖像，呈現貧富差距與童工議題，很能引發孩子的同理心。書中的畫面呈現出鮮明的對比，例如有一張圖畫著一個小孩手拿玩具槌，說道："I like playing."，而旁邊另一張圖中的小孩，卻拿著真正的槌子，正在修理汽車，他問道："What is playing?"。同樣是年幼的孩子，身處的環境竟是天壤之別。共讀這本書能讓孩子對真實世界有更多認識，也幫助孩子體認到現在所擁有的一切並非理所當然。

　　從這本繪本可以學習 "I like. . . ." (我喜歡…) 和 "I don't like. . . ." (我不喜歡…) 的句型，如下：

I like shoes.　我喜歡鞋子。

I don't like shoes.　我不喜歡鞋子。

I like popcorn.　我喜歡爆米花。

192

I don't like popcorn.　我不喜歡爆米花。

I like seashells.　我喜歡貝殼。

I don't like seashells.　我不喜歡貝殼。

延伸活動

在共讀完這本書後，可以與孩子一同討論：如何透過實際行動幫助貧困的小孩獲得較好的生活？此書最後也提供了兩個國際公益組織：國際特赦組織、聯合國兒童基金會，可以透過他們，真正的幫助那些被迫去工作、失去受教權的孩童。

The Breaking News

文、圖／Sarah Lynne Reul

出版社／Roaring Brook

難易度：★★

　　這個故事描述電視傳來令大人感到沉重難過的重大新聞事件，大人的心情都寫在臉上，孩子們都感受到了。小女孩想做件大事來振奮大家，可是大人都對她的作為視若無睹，讓她感到沮喪。不過她很快地念頭一轉，決定從身旁的小事做起。

　　這個故事能讓小讀者看見，雖然新聞常常報導一些負面、令人憂愁的消息，但這世上還是存在著許多美好的人持續做著美好的事，且我們自身就可以加入這美好的行動裡。即便年紀小，還是可以貢獻自己小小的力量，比如說，幫忙洗碗、澆花、打掃、照顧弟妹等。每一份看似小

小、微不足道的付出，匯集起來，可是不容小覷的正向能量呢！

作者 Sarah Lynne 創作這本繪本的靈感其實來自於她的女兒。2015年 11 月，法國發生恐怖攻擊事件，而 Sarah Lynne 丈夫那邊的家人都在法國。事件發生後不久，她透過一連串來自家人朋友報平安的手機簡訊得知這個可怕的消息。她感到震驚與惶恐。這時，身邊六歲大的女兒問媽媽發生了什麼事、大家都好嗎？她勉強掩飾自己的焦慮，試著給女兒一個簡單的解釋。

面對女兒一再的追問，她只是一再告訴女兒親朋好友目前都平安，沒想到女兒竟答道 ： "Well, you know, Mommy, of course they're safe. I made a force field to protect them, so they are okay. And I'm sorry it couldn't protect everyone else. It wasn't big enough, but at least it was able to protect SOME of the other people too." (嗯，你知道的，媽咪，他們當然安全。我設下了力場保護家人，所以他們沒事。我很抱歉力場沒有辦法保護其他所有的人。它不夠大，但至少它也保護了一些其他的人。) 小小孩口中的 "force field" 是太空科幻片裡常出現的無形防禦罩。在這麼小的年紀，一個看科幻卡通、盡情發揮想像力的年紀，一個應該還無法理解也不需要理解現實悲劇的年紀，小女孩竟已敏銳地察覺出媽媽的憂傷，感受到別人的不幸，並努力用自己的方式想去安慰媽媽，想表達對這個世界的善意。

Sarah Lynne 於是創作了 *The Breaking News* 。 她說 ： "I hope this story might, in some small way, counter sadness and fear with a little bit of hope and humanity." (我希望這個故事多多少少用它那一點希望和良善來對抗憂傷與恐懼。) 當這個世界有許多悲傷的事情在發生，我們總是不忍讓孩子純真的心去接觸那些黑暗的現實 ， 然而有時他們必然要接觸。我們無法為孩子打造一個烏托邦，但我們能給予孩子愛與溫暖，我們能幫助他們保有良善。而唯有良善，能夠在現實的黑暗中燃起希望的燭火。

跟著繪本學英文

break 這個字有非常多的意思，當動詞時除了有打破的意思之外，也可以用來指傳出消息，例如 break the news。書名中的 "breaking news" 就是指剛傳出來的新聞，也就是我們中文所說的「即時新聞」。

這本繪本裡有這麼一句話：Even when the news is bad, you can still find good people trying to make things better in big and small ways. (即使是新聞很負面的時候，你還是可以發現一些好人正用大大小小的方式努力讓事情變好。) 當孩子對某些新聞事件感到擔憂恐懼時，大人可藉由這句話來撫慰孩子懼怕的心。讓我們告訴孩子：「別怕，爸爸媽媽會保護你，此外還有許多好大人也在默默守護著你。你是安全的，絕絕對對的安全。」

The Water Princess
文／Susan Verde, Georgie Badiel
圖／Peter H. Reynolds
出版社／Putnam Publishing Group
難易度：★★★

　　這本繪本是以出生於非洲布吉納法索的模特兒 Georgie Badiel 之童年故事為發想起點所創作而成。描述非洲乾旱地區沒有乾淨的水資源可以就近取用，必須走上一大段路程去遠處取水，且取回的水可能是汙

濁的，拿來飲用恐會衍生出諸多衛生與健康問題。除此之外，每天花費大量時間打水，也導致許多孩童被剝奪了上學求知的權利。

非洲水資源的議題是嚴肅而沉重的，要和孩子談論這個議題並不容易，我們也會擔心孩子難以體會或興趣缺缺。*The Water Princess* 卻提供了非常適合孩子的議題材料。書中以非洲孩子的口吻，用簡單、生動而優美的文字敘述一趟取水之旅。閱讀時會發覺，儘管故事中的母女所面對的景況是那麼辛苦難耐，他們卻積極的面對生活，甚至表現出樂觀的態度。那是一股令人欽佩的力量。

很多初次參加馬拉松的人，都會因為不懂得適當補充水分而有脫水的經驗。如果你有過這樣的經驗，那麼你必然知道極度口渴是什麼樣的感受。你就會對於故事中這對口渴的母女能夠在取水的路途中載歌載舞，感到不可思議。跑馬拉松時的脫水也許只是我們偶爾的經驗，但乾旱地區的人們卻必須經常承受口渴的痛苦。

闔上書本，我思索著究竟是怎樣的力量在支持這些人們如此積極的活下去。實在難以理解。直到我再次翻開書本，讀到這位母親將最後一杯水留給孩子，再溫柔哄孩子入眠，而孩子的內心獨白是："I am Princess Gie Gie. My kingdom? The African sky. The dusty earth. And someday, the flowing, cool, crystal-clear water. Someday...."（我是公主 Gie Gie。我的王國裡有非洲的天空，有沙塵飛揚的土地，有一天還會有清澈沁涼的流水。有一天……。）苦難之中，母親將她僅存的水給了孩子，這是母親無私的愛；苦難之中，孩子將這片荒漠看作她的王國，期盼著有一天她的王國會流水淙淙，這是孩子對土地的愛。原來，是愛給了他們努力活下去的力量。

◆ "I grab my empty pot and place it upon my head. My mother does the same and our journey begins, full of song. My maman adds her melody. Our steps are light; we twirl and laugh together. The miles give us room to dance." (我拿起我的空水壺，把它頂在頭上。我媽媽也是如此。我們的旅程就此展開，充滿了歌聲。媽媽為旅程增添旋律。我們的腳步輕快；我們一起轉圈一起歡笑。長長的路程給我們跳舞的空間。) 明明是艱苦的旅程，她們竟能苦中作樂。正如這本繪本中的圖畫，明明畫著烈日之下的酷熱荒漠，卻用不同層次的橘黃色繪出柔和的美。

　　繪本中有一句這麼寫著：". . . we will have to walk so far to the well." (我們將得走好遠的路去到水井處。) well 在這裡是當名詞使用，意思為「井」。

　　故事中提到水除了拿來飲用 (drinking) 之外，也提到以下兩種重要用途：

　　1. We wash our clothes.　我們洗衣服。

　　2. We prepare food for cooking.　我們準備食物來烹煮。

帶孩子一起想想，水還有其他什麼重要功用呢？

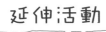

延伸活動

童年曾親身經歷過缺乏乾淨水資源之苦的模特兒 Georgie Badiel，目前致力於改善非洲許多地區的水源問題。家長或教師可以帶孩子進入其官方網站了解並關注：georgiebadielfoundation.org。

4 Beatrice's Goat

文／Page McBrier
圖／Lori Lohstoeter
出版社／Simon & Schuster
難易度：★★★★☆

　　這本繪本描述一個真實的故事。故事主人翁名叫 Beatrice，她和家人住在非洲烏干達一處貧窮的小村落裡。有一天他們家收到好心人士送的一頭母山羊。Beatrice 家從此開始有錢改善居住環境，她也終於可以買制服和書本開心上學去了，這些都是這頭母山羊為他們家帶來的美好改變！

　　這個故事讓物質不虞匱乏的我們看見，捐出一頭山羊可能對於我們來說並不是什麼困難的事，但我們小小的善心善行，都有可能正面影響一個人、一個家庭的命運，真的不要小看自己能夠為這世界帶來的善美影響啊！

這本繪本裡有句話這麼寫著：

Then he would hand Beatrice a tall pail that she would fill to the top with Mugisa's milk.

然後他會遞給 Beatrice 一個高桶子，她會用來裝滿 Mugisa 的羊奶。

這句話是描述 Beatrice 的一位好朋友來跟 Beatrice 買羊奶的情景。Mugisa 是 Beatrice 為她家山羊取的名字。其中要特別提醒的是，hand 這個字在此句話裡並非是「手」的意思，hand 在這裡當動詞，意思是「遞給」。

My Beautiful Birds
文、圖／Suzanne Del Rizzo
出版社／Pajama Press
難易度：★★★★☆

The Treasure Box
文／Margaret Wild
圖／Freya Blackwood
出版社／Candlewick Press
難易度：★★★★☆

這兩本有著美麗插圖的繪本內容皆與「難民」議題有關。*My Beautiful Birds* 以敘利亞內戰為故事背景，描述一個小男孩跟隨家人逃出被炸彈轟擊的家園，來到一處難民營落腳。小男孩時時刻刻思念著他在家中飼養的鳥群，心情一直愁悶抑鬱。直到有一天，天空飛來了幾隻鳥，為他帶來了生命的希望。

The Treasure Box 則描述故事主人翁 Peter 隨著爸爸逃離戰亂的家鄉。在路途上，Peter 的爸爸病重過世。爸爸離世前，特別交代 Peter 一定要好好保管他帶出來的一只盒子，這盒子裡裝著珍貴的書籍。Peter 最後將這本書帶回家鄉的圖書館，讓這本書可以持續被珍藏、閱讀。這個故事不僅處理了「難民」議題，也道出書本的價值與文字的影響力。

藉著這兩本繪本，讓我們帶孩子擴大關懷層面，一同探討日趨嚴重的難民問題之成因、衝擊與解決之道。

跟著繪本學英文

在 *My Beautiful Birds* 一書裡，寫著這麼一小段文字：A canary, a dove, a rose finch, and a pigeon. Like feathered brushes they paint the sky with promise and the hope of peace. (金絲雀、白鴿、朱雀還有野鴿，牠們就像有羽毛的畫筆般，用美好的前景與對和平的盼望彩繪天空。) 作者藉由這一小段文字來描述幾隻鳥的到來，讓故事裡的小男孩對未來開始有了美麗的期待與展望。家長或老師可以引領孩子去感受、欣賞這段文字之美。

而在 *The Treasure Box* 一書裡，則有以下這一小段文字，是作者透過故事中 Peter 的爸爸之口，來傳達書本的珍貴價值：This is a book about our people, about us. It is rarer than rubies, more splendid than silver, greater than gold. (這是一本關於我們的民族、關於我們的書。它比紅寶石還珍貴,比銀更璀璨,比黃金更有價值。) 藉由這一小段文字,讓我們帶孩子看見書本存在的意義與閱讀在生命中之不可或缺吧!

6 Imagine

文╱John Lennon
圖╱Jean Jullien
出版社╱Lincoln Children's Books
難易度: ☆☆☆

這本繪本的文字部分是披頭四樂團創始成員 John Lennon (約翰‧藍儂) 所寫的 "Imagine" 這首歌的歌詞,搭配繪本插畫家 Jean Jullien 的美麗插圖,構成此一傳遞愛與和平的美好繪本。

在與孩子共讀這本書時,可播放 John Lennon 的 "Imagine" 這首歌給孩子聽,讓孩子更能體會作者所要傳達的意境與信念。

John Lennon 在這首歌裡有段歌詞表達出他對世界大同的殷殷期盼與嚮往,很觸動人心,如下:

You may say I'm a dreamer, but I'm not the only one.

你可能會說我是個愛做夢的人,但我不是唯一一個。

I hope some day you'll join us, and the world will be as one.

我希望有一天你會加入我們的行列,世界將因此團結一心。

帶著孩子將這兩句歌詞多唱幾次,細細感受一下吧!

傳記繪本

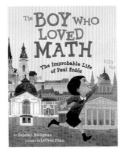

The Boy Who Loved Math: The Improbable Life of Paul Erdos

文／Deborah Heiligman
圖／LeUyen Pham
出版社／Roaring Brook
難易度：★★★★☆

　　這本繪本描繪數學家 Paul Erdos (保羅‧艾狄胥) 熱愛數學的一生。一個人能夠終其一生心無旁騖地將天賦發揮到極致，在自己喜歡並擅長的領域中發光發熱，有什麼比這更美好的呢？在閱讀人物傳記繪本的過程中，我發現，能夠在某一特定領域中成為專家者，必有一顆非常熱情堅定的心。他們一心沉潛在自己熱愛的領域裡，不畏辛苦，非常非常的努力，甚可說是樂在其中、甘之如飴。正因擁有如是積極正向的信念、態度與行動，方能達到令人敬佩的專家境界。

　　Paul Erdos 不吝分享錢財給需要的人，也不吝將所知所學分享給其他數學家。從他身上我們可以學到：分享不會讓我們失去什麼，相反的，越是不吝惜分享，我們得到的越多。分享，能讓我們成為心靈無比富足之人！

跟著繪本學英文

繪本裡有個句子可以表達出 Paul Erdos 對數學的狂熱，如下：

He thought about math whatever he was doing, wherever he was.

他總是滿腦子數學，不管他在做什麼或待在哪裡。

可以讓孩子也試著用這個句型來說說有哪件事情是他心裡無時無刻不想著的呢？如果孩子心頭有那麼一件無比熱愛的事，也許那件事會是孩子發光發熱的所在。我們做父母的能做的、該做的就是，盡可能提供孩子相關機會與資源，讓孩子能夠更深入地在其中探究、培養專才。

Magic Trash: A Story of Tyree Guyton and His Art

文／J. H. Shapiro
圖／Vanessa Brantley-Newton
出版社／Charlesbridge
難易度：★★★★☆

　　這本繪本描述美國一名藝術家 Tyree Guyton，不忍見其童年成長的社區日益殘破衰敗，甚至成為犯罪充斥之地，於是著手將一些別人丟棄不用的物品重新改造後，進行社區的彩繪與美化，讓整個社區煥然一新。更重要的是，此舉感動了當地居民，不少居民主動加入 Tyree Guyton 的社區改造行列，大大提升了居民對社區的認同感與向心力。

　　這本繪本不僅探討社區營造，也讓我們看見，藝術並非昂貴的奢侈品，藝術無所不在，甚至有許多被當成垃圾丟棄的東西，都可以回收再利用，轉化為令人驚豔的藝術作品。

◆ Tyree Guyton 所改造的社區位在底特律的海德堡街，故這項社區營造計畫名
　為 Heidelberg Project (海德堡計畫)，讓原本老舊的社區成為了底特律著名
　的觀光景點。上方兩張照片是海德堡社區一隅。

　　從這本繪本可以學習 Never stop.... (永遠不要停止…) 的句型。藝
術家 Tyree Guyton 的爺爺曾經對他說："Never stop painting." (永遠不要
停止畫畫。) 若套用這個句型，你會想對你的孩子說些什麼鼓勵的話
呢？是 Never stop learning new things. (永遠不要停止學習新事物。) 還
是 Never stop being kind to others. (永遠不要停止以善待人。) 呢？

延伸活動

　　讀完這本繪本後，可以和孩子一同回收一些原本打算扔掉
的物品。動動腦，想想看，可以怎麼把這些物品加以改造，重新再利
用呢？或是如何把它們變成美術創作的素材呢？

3 Bloom: A Story of Fashion Designer Elsa Schiaparelli

文／Kyo Maclear
圖／Julie Morstad
出版社／HarperCollins Children's Books
難易度：★ ★ ★ ★

　　這本繪本描述時裝設計師 Elsa Schiaparelli 的生命歷程。她從小即對美有一份強烈的嚮往，果真她內心豐富狂野的想像力及對美的獨到詮釋，讓她在時裝設計界闖出屬於自己的一片天。她的故事很勵志，讓小讀者們看見他們的未來充滿無限的可能性，只要向著確立的目標腳踏實地的前進，就會一天一天地離夢想越來越靠近。人生要如何過，總得靠自己去開創。

　　繪本裡有這麼一句話：On a brief stop in Paris, a friend invites me to a ball. (在巴黎短暫停留時，有位朋友邀請我去參加一場舞會。) ball 在這裡不是「球」的意思，而是指「舞會」喔！

　　Elsa Schiaparelli 底下說的這句話很鼓舞人心，不只適用於藝術家，對所有人都是很有激勵作用的：

To be an artist is to dream big and risk failure.
要成為藝術家就是要有遠大的夢想並承擔失敗的可能。

4 Pocket Full of Colors: The Magical World of Mary Blair, Disney Artist Extraordinaire

文／Amy Guglielmo, Jacqueline Tourville
圖／Brigette Barrager
出版社／Atheneum
難易度：★★★★☆

　　這本繪本描述迪士尼動畫師 Mary Blair 的故事。Mary Blair 對色彩的呈現有其獨特、創新的美學角度。她對色彩的使用不落俗套，甚至為迪士尼樂園的其中一項遊樂設施「小小世界」創造出繽紛綺麗的美好氛圍，帶給人們無比的幸福與歡樂。

　　透過 Mary Blair 的故事，我們可以和孩子分享：色彩的表達沒有標準答案。誰說天空一定要畫成藍色？深夜就得畫成黑漆漆的一片？而太陽就非得畫得紅通通不可？鼓勵孩子大膽地使用色彩吧！

跟著繪本學英文

　　從這本繪本可以學習許多有關顏色的表達，如下：

- teal　藍綠色
- indigo　靛青色
- banana yellow　香蕉黃
- rosy pink　玫瑰粉
- celadon　釉青色
- cerise　櫻桃紅

- aquamarine　海藍色
- lime green　萊姆綠
- lemon yellow　檸檬黃
- blushing red　腮粉紅
- cerulean　蔚藍色

5 The World Is Not a Rectangle: A Portrait of Architect Zaha Hadid

文、圖／Jeanette Winter
出版社／Beach Lane Books
難易度：★★★

　　這本繪本描述世界知名建築大師 Zaha Hadid (札哈・哈蒂) 的人生故事。Zaha Hadid 屢屢從大自然獲取建築設計之靈感，她對建築的熱情投入與獨到美學見解，以及不輕言放棄、屢敗屢戰的毅力與堅定信念，讓她在建築設計領域取得重要地位，為世界建築帶來劃時代改變。

◆ 右圖為位於亞塞拜然首都巴庫的 Heydar Aliyev Center，是一間博物館暨會議中心。此建築為 Zaha Hadid 的代表作之一，並讓她成為第一位獲得倫敦 Beazley 年度設計大獎的女性。可以讓孩子找找看，這個建築出現在繪本中的哪一內頁呢？需要仔細觀察才能找到喔！

◆ 左圖為位於阿拉伯聯合大公國首都阿布達比的 Sheikh Zayed Bridge。這座獨特的拱橋已成為阿布達比的標誌。繪本中提到 "Zaha looks at waves and sees a bridge that moves with the water." (Zaha 看著波浪，腦海中便浮現了跟著水一起波動的橋)，指的正是這座橋。

跟著繪本學英文

Zaha Hadid 有幾句話特別值得深思：

1. The world is not a rectangle.　這個世界不是長方形。

這句話反映 Zaha Hadid 在建築設計上的獨到觀點。她不覺得建築物都得有稜有角才行，就像大自然的沙丘、河流與沼澤也都不是直角。

2. You should do what you like.　你應該做你喜歡的事。

勇敢選擇今生所愛，並全心投入，才不枉此生啊！

3. I can't stop thinking.　我無法停止思考。

從這句話可以感受到 Zaha Hadid 對於建築設計所投注的時間、心力與熱情有多麼巨大！一個人之所以能夠成為某一領域的高手，絕對是因其持續的勤奮、傾其所能的努力。

4. I still believe in the impossible.　我仍然相信不可能可以成為可能。

多麼充滿力道的一句話！打從心底的相信，事情才有可能成就。你不相信的事情，怎麼可能來到你身邊呢？

6 Hidden Figures: The True Story of Four Black Women and the Space Race

文／Margot Lee Shetterly
圖／Laura Freeman
出版社／HarperCollins Children's Books
難易度：★★★★☆

看過美國電影 *Hidden Figures* 嗎？這本繪本可謂 *Hidden Figures* 之繪本版。不過，電影中只有三位女主角，繪本裡則出現了四位關鍵女性人物。可以和孩子觀賞完影片後再共讀繪本，看看到底繪本裡多出現了哪一位電影裡沒有提到的人物？

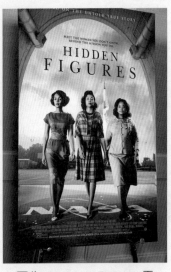

四位傑出的非裔美國女性，不僅頭腦好、數學能力甚佳，還有著堅強的毅力與克服萬難的決心，讓她們最後能在白人世界脫穎而出，得到她們應得的尊重與平等地位。而美國飛航與太空科技的進步與突破，她們也絕對是幕後功臣。

◆ 圖為 *Hidden Figures* 電影海報。*Hidden Figures* 臺灣譯為《關鍵少數》，中國大陸譯為《隱藏人物》，香港譯為《NASA 無名英雄》。

非常勵志的真實故事，它帶領孩子看見想像力的重要及可貴。想像力，不是指天馬行空、不切實際的胡思亂想，而是敢於在腦海裡勾勒出對未來的願景。心中先有了對未來美好的想像，並懷抱偉大的夢想，然後築夢踏實，人生就會變得非常不一樣。甚至不只自己的人生因此改變了，還可能帶動整個世界的翻轉與創新！

故事中介紹的四位女性都是頂尖的數學高手，書中出現好幾次 be good at (精通、擅長) 的句型，如：

Dorothy was good at math. Really good.

Dorothy 擅長數學。真的很擅長。

Mary was good at math. Really good.

Mary 擅長數學。真的很擅長。

NASA was going to need to hire more space experts and more people who were good at math. Really good.

NASA 會需要僱用更多太空專家與更多擅長數學的人，要真的非常擅長的。

延伸活動

可以用以下問答，讓孩子也說說他們擅長哪些事項或領域：

Q: What are you good at?　　　　A: I'm good at. . . .

你擅長什麼？　　　　　　　　　我擅長…。

延伸閱讀

另有一本繪本 *Margaret and the Moon* ，是記述 *Hidden Figures* 四位數學家裡頭之 Margaret Hamilton 的人生故事，同樣非常激勵人心。孩子成長的過程中，心裡總要有著他能夠積極看齊效法的對象，這就是傳記繪本存在的價值與必要性了。

On a Beam of Light: A Story of Albert Einstein

文／Jennifer Berne
圖／Vladimir Radunsky
出版社／Chronicle Books
難易度：★★★☆

　　這本繪本描述二十世紀偉大科學家愛因斯坦的故事，非常勵志且具啟發性。愛因斯坦總是不停的思考、探索，他提出不曾有人提過的問題，並用心尋求可能的答案。他不只具備科學頭腦，也懂得享受音樂的美好。他為科學界帶來前所未見的顛覆性思維，也為我們展現了非常值得學習的生命態度，那就是：永遠對人事物保持好奇，同時也不忘持續思考與想像。

跟著繪本學英文

　　這本繪本在描寫到愛因斯坦小時候遲遲未能開口說第一句話時，是這麼寫的 ： His parents worried. Little Albert was so different; was there something wrong? But he was their baby, so they loved him . . . no matter what. (他的父母很擔心。小 Albert 很不一樣，會不會是有什麼地方不對勁？但他是他們的孩子，所以無論如何，他們都愛他。)

　　是的，我們愛我們的孩子本身，不是因為他有什麼樣令我們感到得意驕傲的外在表現，我們才愛他。對孩子的愛本就是不帶任何條件的。且讓我們也溫柔堅定地告訴我們的孩子：You are my child, so I love you . . . no matter what. (你是我的孩子，所以無論如何，我都愛你。)

延伸閱讀

Albie's First Word: A Tale Inspired by Albert Einstein's Childhood 這本繪本是以愛因斯坦小時候很晚才開口說話這件事，作為發想起點編撰而成的故事。很動人、很有意思，一併推薦給大家。

Sisters & Champions: The True Story of Venus and Serena Williams

文／Howard Bryant
圖／Floyd Cooper
出版社／Philomel Books
難易度：★★★

　　這本繪本描繪網球比賽常勝軍「威廉絲姊妹」的奮鬥歷程，並聚焦在其家人之間的情感連結。姊妹情誼勝過運動場上的冠軍之爭，十分觸人心弦。

　　可以透過這本繪本和孩子分享手足情誼，以及成功的關鍵在於堅強的意志力與勤勉不懈、精益求精的精神。

跟著繪本學英文

　　這個故事的一開始，大家都取笑威廉絲姊妹是黑人又是女生，竟然妄想在網球場上綻放光芒，真是痴人說夢。這段敘述作者使用四次

They laughed because. . . . 的句子來強化整個陳述的語氣，舉兩例如下：

THEY LAUGHED because Venus and Serena were black, and black people, they said, weren't supposed to play tennis.

他們笑了，因為 Venus 跟 Serena 是黑人。而黑人呢，大家都說是不該打網球的。

THEY LAUGHED because Venus and Serena weren't rich, and people without money, they said, weren't supposed to dream so big.

他們笑了，因為 Venus 跟 Serena 不是有錢人。而沒有錢的人呢，大家都說不該有這麼大的夢想。

可以提醒孩子，進行寫作或口語表達時，可以像這樣嘗試使用重複句型來讓語氣和情感的表達更顯力道。

Girl Running

文／Annette Bay Pimentel
圖／Micha Archer
出版社／Nancy Paulsen Books
難易度：★★★★☆

這本繪本描述美國波士頓馬拉松賽首位參賽女性 Bobbi Gibb 的故事。當時波士頓馬拉松賽是不允許女性參加的，但 Bobbi Gibb 熱愛跑步，也勤練跑步，且參賽意志堅定。她於 1966 年參加此項馬拉松競賽，雖名次與成績最後未得到主辦單位採計，但她勇於打破馬拉松對女性既有的參賽限制，鼓舞了許多女性加入跑步運動，勇敢爭取女性權益並展現女性一再被看輕的運動能力。

...Bobbi leaves the rules behind. She changes into pants and runs in the woods. Her feet crunch on frozen ground. She loves to twist through the trees like a bounding deer. The wind rushes past her ears.

She is fast.

◆ 「Bobbi 不理那些規則。她換上褲子，在樹林裡奔跑。她的雙腳踏在冰凍的地面上嘎吱作響。她喜愛在林間穿梭，如同一隻奔跑的鹿。風從她耳邊呼嘯而過。」如詩一般優美的文字搭配美麗的圖畫，生動描繪出 Bobbi 在林間奔跑的畫面。畫中有一隻白狼，襯托 Bobbi 的奔跑速度，然而文字卻是寫她 "like a bounding deer"。事實上，將奔跑時腳步輕快而穩健的形象比擬為鹿，是受西方文學傳統影響，例如聖經詩篇中將上帝給人的力量如此形容："He maketh my feet like hinds' feet, and setteth me upon my high places."(他使我的腳快如母鹿的蹄，又使我在高處安穩)。

故事裡有段話這麼寫著：

Race officials refuse to give Bobbi a medal. They insist that rules are rules. But Bobbi has shown that it's time for some rules to change. Bobbi has shown the world what women can do. When they hear about Bobbi, other women and girls feel their legs twitch. They want to join the race, too. (比賽的主辦單位拒絕頒發獎牌給 Bobbi。他們堅稱規定就是規定。但 Bobbi 已經證明有些規定是時候要修改了。Bobbi 向世界展現了女性的能耐。聽說了 Bobbi 的事蹟，其他女性也感到雙腿蠢蠢欲動。她們也想參加比賽。)

這段文字是不是非常激勵人心？可以與孩子討論：規則就一定永遠是正確且必須無條件被遵守的嗎？如果發現規則有不合理之處，你會選擇默默承受，還是你會勇敢說出你的想法？

要不斷進步、創新，絕對不能墨守成規，新時代的孩子們特別需要培養思辨力與對事物是非曲直的判斷力。

親子大手拉小手，跟著繪本快樂學英文
125本繪本書單

第一章【從繪本開始接觸英文】

字 母

書　　　　名	ISBN	難易度
ABC: The Alphabet from the Sky	9781101995815	★
DIY ABC	9781908714374	★
Tomorrow's Alphabet	9780688164249	★★
Q is for Duck: An Alphabet Guessing Game	9780618574124	★★
Oops, Pounce, Quick, Run!: An Alphabet Caper	9780062377005	★
ABC of the World	9781910851265	★★

數 字

書　　　　名	ISBN	難易度
1 Big Salad: A Delicious Counting Book	9781101999745	★
10, 9, 8 . . . Owls Up Late!: A Countdown to Bedtime	9781848697041	★★
Charlie and Lola: One Thing	9781408339015	★★★
Counting on Community	9781609806323	★★★★

形 狀

書　　　　名	ISBN	難易度
Walter's Wonderful Web	9781509834150	★★
The Shape of My Heart	9781681190174	★★
Crescent Moons and Pointed Minarets: A Muslim Book of Shapes	9781452155418	★★★★

顏 色

書　　　名	ISBN	難易度
Peanut Butter's Delicious Colors	9780399548833	★
I Spy with My Little Eye	9780763671631	★★
Festival of Colors	9781481420495	★★

動 物

書　　　名	ISBN	難易度
This Is a Pelican	9789814776677	★
This Is a Crocodile	9789814776684	★
This Is a Rabbit	9789814776639	★
This Is a Kitten	9789814776646	★
Near, Far	9780763687830	★
The Great AAA-Ooo!	9781848692763	★★
What Does the Fox Say?	9781481422239	★★
Cat Says Meow: And Other Animalopoeia	9781452112343	★

相反詞

書　　　名	ISBN	難易度
The Greatest Opposites Book on Earth	9780763695545	★★
Opposnakes: A Lift-the-Flap Book About Opposites	9781416978756	★
Touch Think Learn: Opposites	9781452117256	★
What's Up, Duck?: A Book of Opposites	9780375847387	★
Opposite Things	9781786030382	★

第二章【從繪本學習生活英文】

天 氣

書　　　名	ISBN	難易度
Red Sky at Night	9781101917831	★★★
The Weather Girls	9781627796200	★★

交通工具

書　　　名	ISBN	難易度
A Quiet Quiet House	9781848698451	★★
Truck Full of Ducks	9781338129366	★★★
The Airport Book	9781626720916	★★★
Car, Car, Truck, Jeep	9781408864968	★★
All Kinds of Cars	9781911171010	★

食 物

書　　　名	ISBN	難易度
Eating the Alphabet: Fruits & Vegetables from A to Z	9780152010362	★★
I Will Not Ever Never Eat a Tomato	9781846168864	★★★
How Did That Get in My Lunchbox?: The Story of Food	9780763665036	★★★
On the Farm, at the Market	9780805093728	★★★

家 庭

書　　　名	ISBN	難易度
Whose Mouse Are You?	9780689840524	★
My Family Tree and Me	9781771380492	★★★
The Great Big Book of Families	9780803735163	★★★

學 校

書　　　名	ISBN	難易度
S Is for School: A Classroom Alphabet	9781423649588	★
School's First Day of School	9781596439641	★★★
Back to School, Splat!	9780061978517	★★

職 業

書　　　名	ISBN	難易度
Work: An Occupational ABC	9781554984091	★★
What Do Grown-ups Do All Day?	9781847808448	★★★
What Do Grown-Ups Do All Day?	9783899557992	★★★

第三章【從繪本學習自我表達與人際互動】

表達身體不適

書　　　名	ISBN	難易度
When Your Elephant Has the Sniffles	9781481495042	★★★
A Sick Day for Amos McGee	9781596434028	★★★
The Zoo Is Closed Today!	9781441315267	★★★

表達情緒

書　　　名	ISBN	難易度
Today I Feel . . .	9781419723247	★
Happy Hippo, Angry Duck: A Book of Moods	9781442417311	★
I Hate Everyone	9781576878743	★★★

表達禮貌

書　　　名	ISBN	難易度
Bear Says "Thank You"	9781404867864	★
Hippo Says "Excuse Me"	9781404867871	★
Mouse Says "Sorry"	9781404867895	★
Penguin Says "Please"	9781404867888	★
Please Mr Panda	9781444916652	★
Rude Cakes	9781452138510	★★
Do Unto Otters: A Book About Manners	9780312581404	★★★★

交朋友

書　　　名	ISBN	難易度
Along Came a Different	9781408888926	★
Be a Friend	9781619639515	★★
Big Friends	9781627793308	★★★

反霸凌

書　　　名	ISBN	難易度
Jungle Bullies	9780761456209	★★
Noni Speaks Up	9781770498396	★★★
Willy the Wimp	9781406356410	★★★
Willow Finds a Way	9781554538423	★★★★

自我期許

書　　名	ISBN	難易度
I Can Be Anything! Don't Tell Me I Can't	9781338166903	★★★
This School Year Will Be the BEST!	9780142426968	★★
When I Am Big	9781616896027	★★★
The Magician's Hat	9781338114546	★★★

慣用語

書　　名	ISBN	難易度
Eye to Eye: A Book of Body Part Idioms and Silly Pictures	9781938164057	★★★
There's a Frog in My Throat!: 440 Animal Sayings a Little Bird Told Me	9780823418190	★★★★
Raining Cats & Dogs: A Collection of Irresistible Idioms and Illustrations to Tickle the Funny Bones of Young People	9780399242335	★★★★★

第四章【從繪本享受閱讀快樂】

讀者劇場

書　　名	ISBN	難易度
Me First!	9781592701360	★
Pardon Me!	9781442489974	★
I Can See Just Fine	9781419708015	★★
Can Somebody Please Scratch My Back?	9780735228542	★★

書名偵探

書　　　名	ISBN	難易度
Lion, Lion	9780062271044	★★
Outfoxed	9781442473928	★★★
Brief Thief	9781592701315	★★★

親子對話

書　　　名	ISBN	難易度
That's Mine!	9781877579288	★
Little Mouse's Big Breakfast	9780763696269	★★★
Olive and the Big Secret	9780763661496	★★

顛覆童話

書　　　名	ISBN	難易度
That Is Not a Good Idea!	9780062203090	★★
Little Red	9781447291404	★★
Rapunzel	9781509842674	★★
Hansel & Gretel	9781509842698	★★

互動式繪本

書　　　名	ISBN	難易度
This Book Just Ate My Dog!	9781627790710	★★
Duck's Vacation	9781250056474	★★

幽默懸疑

書　　　名	ISBN	難易度
The Cave	9781786031167	★★
The Terrible Plop	9780374374280	★★
Can't Catch Me!	9780763694968	★★
A Mammoth in the Fridge	9781877579158	★★
Suddenly!	9780152016999	★★★
Life on Mars	9780399538520	★★
My Rhinoceros	9789810946005	★★★
My Lucky Day	9780142404560	★★

黑色喜劇

書　　　名	ISBN	難易度
A Well-Mannered Young Wolf	9780802854797	★★
I Want My Hat Back	9780763655983	★★
Fortunately	9780689716607	★★

第五章【從繪本認識世界】

多元文化

書　　　名	ISBN	難易度
My Nose, Your Nose	9780618150779	★
Mommy's Khimar	9781534400597	★★★
School Days Around the World	9781771380478	★★★
This Is How We Do It: One Day in the Lives of Seven Kids from around the World	9781452150185	★★★★
My Mom Is a Foreigner, But Not to Me	9781452107929	★★★
Strictly No Elephants	9781481416474	★★★

國際關懷

書　　　名	ISBN	難易度
I Like, I Don't Like	9780802854803	★★
The Breaking News	9781250153562	★★
The Water Princess	9780399172588	★★★
Beatrice's Goat	9780689869907	★★★★★
My Beautiful Birds	9781772780109	★★★★
The Treasure Box	9780763690847	★★★★
Imagine	9781847808967	★★★

傳記繪本

書　　　名	ISBN	難易度
The Boy Who Loved Math: The Improbable Life of Paul Erdos	9781596433076	★★★★
Magic Trash: A Story of Tyree Guyton and His Art	9781580893862	★★★★★
Bloom: A Story of Fashion Designer Elsa Schiaparelli	9780062447616	★★★★
Pocket Full of Colors: The Magical World of Mary Blair, Disney Artist Extraordinaire	9781481461313	★★★★
The World Is Not a Rectangle: A Portrait of Architect Zaha Hadid	9781481446693	★★★
Hidden Figures: The True Story of Four Black Women and the Space Race	9780062742469	★★★★★
On a Beam of Light: A Story of Albert Einstein	9781452152110	★★★★
Sisters & Champions: The True Story of Venus and Serena Williams	9780399169069	★★★
Girl Running	9781101996683	★★★★

Photo Credits

All pictures in this publication are authorized for use by:

Candlewick Press, Capstone, Chronicle Books, Cicada Books, Die Gestalten Verlag, Gecko Press, Gibbs Smith, Groundwood Books, Hachette UK, Holiday House, Little Tiger Press UK, Macmillan Group, Pajama Press, Penguin Group USA, Peter Pauper Press, Princeton Architectural Press, Quarto Group, Penguin Random House, Scholastic Inc., Shutterstock, Tiger Tales, and Tundra Books.